Ο ΑΛΧΗΜΙΣΤΗΣ

PAULO COELHO

Ο ΑΛΧΗΜΙΣΤΗΣ

Μετάφραση:
ΜΑΡΙΑ-ΦΕΡΡΕΪΡΑ ΧΙΔΙΡΟΓΛΟΥ

ΕΚΔΟΤΙΚΟΣ ΟΡΓΑΝΙΣΜΟΣ ΛΙΒΑΝΗ
ΑΘΗΝΑ 1996

Σειρά: ΞΕΝΗ ΛΟΓΟΤΕΧΝΙΑ
Τίτλος πρωτοτύπου: O ALQUIMISTA
Συγγραφέας: PAULO COELHO
Μετάφραση: ΜΑΡΙΑ ΦΕΡΡΕΪΡΑ-ΧΙΔΙΡΟΓΛΟΥ
Μεταφραστική επιμέλεια: ΑΓΓΕΛΟΣ ΦΙΛΙΠΠΑΤΟΣ
Επιμέλεια: ΤΖΕΝΗ ΣΑΡΑΝΤΗ

Η παρούσα έκδοση πραγματοποιήθηκε κατόπιν συμφωνίας με τη Sant Jordi Asociados, Βαρκελώνη, ΙΣΠΑΝΙΑ.
Με την επιφύλαξη παντός δικαιώματος.

www.paulocoelho.com

Copyright © Paulo Coelho, 1988
Copyright © 1996 για την ελληνική γλώσσα:
ΕΚΔΟΤΙΚΟΣ ΟΡΓΑΝΙΣΜΟΣ ΛΙΒΑΝΗ ΑΒΕ
Σόλωνος 98 – 106 80 Αθήνα. Τηλ.: 210 3661200, Fax: 210 3617791
http://www.livanis.gr

Απαγορεύεται η αναδημοσίευση, η αναπαραγωγή, ολική, μερική ή περιληπτική, ή η απόδοση κατά παράφραση ή διασκευή του περιεχομένου του βιβλίου με οποιονδήποτε τρόπο, μηχανικό, ηλεκτρονικό, φωτοτυπικό, ηχογράφησης ή άλλο, χωρίς προηγούμενη γραπτή άδεια του εκδότη. Νόμος 2121/1993 και κανόνες του Διεθνούς Δικαίου που ισχύουν στην Ελλάδα.

ISBN 960-236-649-4

*Στον Ζ. Αλχημιστή, που γνωρίζει
και εφαρμόζει τα μυστικά
του Μεγάλου Έργου*

ΕΙΣΑΓΩΓΗ

Επιβάλλεται να πω κάτι για το γεγονός ότι *ο Αλχημιστής* είναι ένα συμβολικό βιβλίο, διαφορετικό από το *Ημερολόγιο ενός Μάγου*, που ήταν δοκίμιο.

Για έντεκα χρόνια της ζωής μου μελέτησα αλχημεία. Η απλή ιδέα να μετατρέψω μέταλλα σε χρυσάφι ή να ανακαλύψω το ελιξήριο της μακροζωίας παραήταν ελκυστική για να περάσει απαρατήρητη από οποιονδήποτε αρχάριο της μαγείας. Παραδέχομαι ότι το ελιξήριο της μακροζωίας μού φάνταζε πιο ελκυστικό: πριν καταλάβω και αισθανθώ την παρουσία του Θεού, η σκέψη ότι όλα θα τελείωναν κάποια μέρα μού φαινόταν απελπιστική. Επομένως, μόλις άκουσα για τη δυνατότητα να βρεθεί ένα υγρό ικανό να παρατείνει την ύπαρξή μου για πολλά χρόνια, αποφάσισα να αφιερωθώ ψυχή τε και σώματι στην παρασκευή του.

Ήταν μια εποχή μεγάλων κοινωνικών μεταβολών –αρχή της δεκαετίας του '70– και δεν υπήρχαν ακόμη σοβαρές εκδόσεις σχετικές με την αλχημεία. Άρχισα κι εγώ, όπως ένα άλλο πρόσωπο του βιβλίου, να ξοδεύω τα λίγα μου χρήματα για την αγορά σημαντικών βιβλίων αλχημείας και αφιέρωνα μεγάλο μέρος της μέρας μου στη μελέτη του πολύπλοκου συμβολισμού της. Αναζήτησα δύο ή τρία άτομα στο Ρίο ντε Ζανέιρο που ασχολούνταν σοβαρά με το μεγάλο έργο· αρνήθηκαν όμως να με δεχτούν. Γνώρισα και πολλά άλλα άτομα που αποκαλούνταν αλχημιστές, είχαν τα εργαστήριά τους και υπόσχονταν να μου μάθουν τα μυστικά της τέχνης, με αντάλλαγμα μια σωστή περιουσία· σήμερα καταλαβαίνω ότι ιδέα δεν είχαν για το αντικείμενο του μαθήματός τους.

Παρ' όλη την αφοσίωσή μου, τα αποτελέσματα ήταν πέρα για πέρα μηδαμινά. Δε συνέβαινε τίποτε απ' ό,τι ισχυρίζονταν οι πραγματείες της αλχημείας με την πολύπλοκή τους γλώσσα. Ήταν μια ατέλειωτη σειρά συμβόλων, δράκων, λιονταριών, ήλιων, φεγγαριών και υδραργύρων κι εγώ είχα συνεχώς την εντύπωση ότι βάδιζα σε λάθος δρόμο, γιατί η συμβολική γλώσσα αφήνει τεράστιο περιθώριο παρεξηγήσεων. Το 1973, αφού είχα πια απελπιστεί από την ανυπαρξία οποιασδήποτε προόδου, διέπραξα την έσχατη ανευθυνότητα. Εκείνη την εποχή είχα υπογράψει συμβόλαιο με τη Γραμματεία Εκπαίδευσης του Μάτο Γκρόσο για να διδάξω θέατρο σ' αυτή την πολιτεία κι αποφάσισα, σε συνεργασία με τους μαθητές μου, να κάνω σεμινάρια θεάτρου με θέμα το Σμαραγδένιο Πίνακα. Αυτή η στάση μου, μαζί με εισχωρήσεις μου στις ελώδεις περιοχές της μαγείας, στάθηκε αιτία να δοκιμάσω στην ίδια μου τη σάρκα την αλήθεια της παροιμίας: «Όλα εδώ πληρώνονται». Τα πάντα γύρω μου γκρεμίστηκαν τελείως.

Τα επόμενα έξι χρόνια της ζωής μου τήρησα αρκετά επιφυλακτική στάση σχετικά με ό,τι αφορούσε τη μυστική περιοχή. Σ' αυτή την πνευματική εξορία, έμαθα σημαντικά πράγματα: ότι μια αλήθεια τη δεχόμαστε μόνο αφού αρχικά την έχουμε αρνηθεί από τα βάθη της ψυχής μας, ότι δεν πρέπει να αποφεύγουμε το πεπρωμένο μας και ότι το χέρι του Θεού είναι άπειρα γενναιόδωρο, παρ' όλη την αυστηρότητά του.

Το 1981 ήρθα σε επαφή με το ΡΑΜ και το δάσκαλό μου, ο οποίος θα με ξαναέφερνε στο χαραγμένο για μένα δρόμο. Κι ενώ εκείνος με εκπαίδευε στη διδασκαλία του, μελέτησα εκ νέου την αλχημεία για δικό μου λογαριασμό. Κάποια νύχτα, ενώ συζητούσαμε ύστερα από μια εξαντλητική διαδικασία τηλεπάθειας, τον ρώτησα γιατί η γλώσσα των αλχημιστών ήταν τόσο αόριστη και τόσο πολύπλοκη.

– Υπάρχουν τρία είδη αλχημιστών, μου είπε ο δάσκαλος. Εκείνοι που είναι αόριστοι γιατί δεν ξέρούν για ποιο πράγμα μιλάνε· εκείνοι που είναι αόριστοι γιατί ξέρουν για ποιο πράγμα μιλάνε, αλλά ξέρουν επίσης ότι η γλώσσα της αλχημείας απευθύνεται στην καρδιά και όχι στο νου.

– Και ποιο είναι το τρίτο είδος; ρώτησα.

– Εκείνοι που ποτέ δεν άκουσαν για αλχημεία, αλλά κατάφεραν, μέσα από το βίωμά τους, να ανακαλύψουν τη φιλοσοφική λίθο.

Κατόπιν τούτου ο δάσκαλός μου –που ανήκε στο δεύτερο είδος– αποφάσισε να μου παραδώσει μαθήματα αλχημείας. Ανακάλυψα ότι η συμβολική γλώσσα, που τόσο με ενοχλούσε και με μπέρδευε, ήταν ο μόνος τρόπος να αγγίξω την ψυχή του κόσμου ή αυτό που ο Γιουνγκ αποκάλεσε το «συλλογικό ασυνείδητο». Ανακάλυψα τον προσωπικό μύθο και τα σημάδια του Θεού, αλήθειες που η εγκεφαλική μου νοημοσύνη αρνιόταν να δεχτεί λόγω της μεγάλης τους απλότητας. Ανακάλυψα ότι η προσέγγιση του μεγάλου έργου δεν είναι προνόμιο μερικών, αλλά όλων των ανθρώπων πάνω στη γη. Φυσικά το μεγάλο έργο δεν εμφανίζεται πάντα με τη μορφή ενός αβγού ή ενός μπουκαλιού με υγρό, αλλά όλοι μπορούμε –χωρίς καμιά αμφιβολία– να βυθιστούμε στην ψυχή του κόσμου.

Γι' αυτό *ο Αλχημιστής* είναι επίσης συμβολικό κείμενο. Μέσα από τις σελίδες του, όχι μόνο μεταφέρω ό,τι έμαθα σχετικά, αλλά προσπαθώ να τιμήσω μεγάλους συγγραφείς που κατάφεραν και προσέγγισαν τη διεθνή γλώσσα: Χεμινγουέι, Μπλέικ, Μπόρχες (ο οποίος χρησιμοποίησε και την περσική ιστορία σε ένα από τα διηγήματά του), Μάλμπα Ταχάν, μεταξύ άλλων.

Για να ολοκληρώσω αυτό τον ήδη εκτεταμένο πρόλογο και να επεξηγήσω τι εννοούσε ο δάσκαλός μου με το τρίτο είδος αλχημιστών, αξίζει τον κόπο να επαναφέρω στη μνήμη μια ιστορία, που μου την είπε ο ίδιος στο εργαστήριό του.

Η Παναγία, με το Βρέφος στην αγκαλιά Της, αποφάσισε να κατέβει στη γη και να επισκεφτεί ένα μοναστήρι. Υπερήφανοι, όλοι οι ιερείς στάθηκαν στη σειρά και ο καθένας παρουσιαζόταν μπροστά στην Παναγία για να της αποδώσει τιμές. Ο ένας απήγγειλε ωραία ποιήματα, ο άλλος έδειξε τις μικρογραφίες του για τη Βίβλο, ένας τρίτος απαρίθμησε τα ονόματα όλων των αγίων. Και ούτω καθεξής, ο κάθε μοναχός με τη σειρά του τίμησε την Παναγία και το Βρέφος.

Στην τελευταία θέση της σειράς στεκόταν ένας ιερέας, ο πιο ταπεινός του μοναστηριού, ο οποίος δεν είχε μάθει ποτέ τα σοφά κείμενα της εποχής. Οι γονείς του ήταν απλοί άνθρωποι που δούλευαν σ' ένα παλιό τσίρκο της γειτονιάς και το μόνο που του είχαν μάθει ήταν να πετάει μπάλες στον αέρα και να κάνει μερικές ταχυδακτυλουργίες.

Όταν ήρθε η σειρά του, οι άλλοι ιερείς έσπευσαν να τελειώσουν με την απόδοση τιμών, γιατί ο τέως ταχυδακτυλουργός δεν είχε τίποτε το σημαντικό να πει και ενδεχομένως να υποβάθμιζε την εικόνα του μοναστηριού. Στο μεταξύ, στα βάθη της καρδιάς του αισθανόταν κι εκείνος απέραντη ανάγκη να προσφέρει κάτι στον Χριστό και στην Παναγία.

Ντροπαλός, αισθανόμενος το βλέμμα αποδοκιμασίας των αδελφών, έβγαλε μερικά πορτοκάλια από την τσέπη του και βάλθηκε να της τα πετά στον αέρα, κάνοντας μερικές φιγούρες, το μόνο που ήξερε.

Μόνο τότε χαμογέλασε το Βρέφος κι άρχισε να χτυπά παλαμάκια στην αγκαλιά της Παναγίας. Και προς αυτό τον ιερέα άπλωσε η Παναγία τα χέρια Της και τον άφησε να κρατήσει το Βρέφος λίγη ώρα.

Ο Συγγραφέας

«Κατὰ μίαν πορείαν τους, αὐτὸς ἐμπῆκε εἰς ἕνα χωριό. Μία γυναίκα, ποὺ ὠνομάζετο Μάρθα, τὸν ὑποδέχθηκε εἰς τὸ σπίτι της. Αὐτὴ εἶχε ἀδελφὴν ποὺ ὠνομάζετο Μαρία, ἡ ὁποῖα ἐκαθότανε κοντὰ εἰς τὰ πόδια τοῦ Ἰησοῦ καὶ ἄκουε ὅσα ἔλεγε. Ἀλλ' ἡ Μάρθα ἦτο ἀπησχολημένη μὲ πολλὴν ὑπηρεσίαν καὶ ἐπλησίασε καὶ εἶπε, "Κύριε, δὲν σὲ μέλει ποὺ ἡ ἀδελφή μου μὲ ἄφησε μόνην νὰ ὑπηρετῶ; Πές της λοιπὸν νὰ μὲ βοηθήση". Ὁ Ἰησοῦς τῆς ἀπεκρίθη, "Μάρθα, Μάρθα, μεριμνᾶς καὶ ἀνησυχεῖς διὰ πολλὰ πράγματα, ἀλλ' ἕνα πρᾶγμα εἶναι ἀναγκαῖον. Ἡ Μαρία ἐδιάλεξε τὴν καλὴν μερίδα, ἡ ὁποῖα δὲν θὰ τῆς ἀφαιρεθῇ"».

Λουκάς, 10.38-42
(σε μετάφραση Π. Ν. Τρεμπέλα)

ΠΡΟΛΟΓΟΣ

Ο ΑΛΧΗΜΙΣΤΗΣ έπιασε ένα βιβλίο που κάποιος από το καραβάνι είχε φέρει μαζί του. Αν και ο τόμος δεν είχε εξώφυλλο, εκείνος κατάφερε να εξακριβώσει το όνομα του συγγραφέα του: Όσκαρ Ουάιλντ. Καθώς το ξεφύλλιζε, βρήκε μια ιστορία για τον Νάρκισσο.

Ο αλχημιστής γνώριζε το μύθο του Νάρκισσου, του ωραίου αγοριού που κάθε μέρα θαύμαζε την ομορφιά του σε μια λίμνη. Τόσο πολύ είχε γοητευτεί από τον ίδιο τον εαυτό του, που κάποια μέρα έπεσε μέσα στη λίμνη και πνίγηκε. Στη θέση όπου έπεσε, φύτρωσε ένα λουλούδι που το ονόμασαν Νάρκισσο.

Ο Όσκαρ Ουάιλντ όμως δεν τελείωνε έτσι την ιστορία του. Έλεγε ότι, όταν πέθανε ο Νάρκισσος, ήρθαν οι Ορειάδες –νύμφες του δάσους– και διαπίστωσαν ότι η λίμνη είχε μετατραπεί από λίμνη γλυκού νερού σε αμφορέα αλμυρών δακρύων.

— Γιατί κλαις; ρώτησαν οι Ορειάδες.
— Κλαίω για τον Νάρκισσο, είπε η λίμνη.
— Α, δε μας εκπλήσσει που κλαις για τον Νάρκισσο, συνέχισαν εκείνες. Στο κάτω κάτω, παρόλο που κι εμείς τον κυνηγούσαμε στο δάσος, εσύ ήσουν η μόνη που είχε την ευκαιρία να θαυμάσει από κοντά την ομορφιά του.
— Μα ήταν όμορφος ο Νάρκισσος; ρώτησε η λίμνη.
— Ποιος να το ξέρει καλύτερα από σένα; απάντησαν έκπληκτες οι Ορειάδες. Στο κάτω κάτω, στις όχθες σου έσκυβε κάθε μέρα.

Η λίμνη έμεινε για λίγο σιωπηλή. Μετά είπε:
— Κλαίω για τον Νάρκισσο, αλλά δεν είχα καταλάβει ότι ήταν όμορφος. Κλαίω για το Νάρκισσο γιατί, κάθε φορά που έσκυβε στις όχθες μου, εγώ μπορούσα να βλέπω στα βάθη των ματιών του την αντανάκλαση της ίδιας μου της ομορφιάς.

— Τι ωραία ιστορία! είπε ο αλχημιστής.

ΜΕΡΟΣ ΠΡΩΤΟ

Το αγορι το έλεγαν Σαντιάγο. Είχε αρχίσει να σκοτεινιάζει όταν έφτασε με το κοπάδι του μπροστά στην παλιά εγκαταλειμμένη εκκλησία. Η σκεπή της είχε εξαφανιστεί εδώ και πολύ καιρό και μια τεράστια συκομουριά είχε μεγαλώσει στο σημείο όπου παλιά υπήρχε το παρεκκλήσι.

Αποφάσισε να περάσει εκεί τη νύχτα. Έβαλε όλα τα πρόβατα να περάσουν από την ετοιμόρροπη πόρτα και στη συνέχεια τοποθέτησε μερικές σανίδες κατά τέτοιο τρόπο, ώστε να μην μπορέσει να ξεφύγει κανένα πρόβατο κατά τη διάρκεια της νύχτας. Δεν υπήρχαν λύκοι σ' εκείνη την περιοχή, αλλά μια φορά είχε ξεφύγει ένα ζώο τη νύχτα και αυτός είχε ξοδέψει όλη την επόμενη μέρα ψάχνοντας για το απολωλός πρόβατο.

Άπλωσε την κάπα του κάτω και ξάπλωσε, βάζοντας για μαξιλάρι το βιβλίο που είχε μόλις διαβάσει. Θυμήθηκε, πριν τον πάρει ο ύπνος, ότι έπρεπε ν' αρχίσει να διαβάζει πιο χοντρά βιβλία: δε διαβάζονταν τόσο γρήγορα και αποτελούσαν πιο βολικά μαξιλάρια για τη νύχτα.

Ήταν ακόμη σκοτεινά όταν ξύπνησε. Κοίταξε ψηλά και, μέσα από τη μισογκρεμισμένη σκεπή, είδε τα αστέρια να λάμπουν.

«Θα ήθελα να είχα κοιμηθεί λίγο ακόμα», σκέφτηκε. Είχε δει το ίδιο όνειρο μ' εκείνο της περασμένης εβδομάδας και άλλη μια φορά είχε ξυπνήσει πριν από το τέλος.

Σηκώθηκε και ήπιε μια γουλιά κρασί. Μετά πήρε την γκλίτσα του και βάλθηκε να ξυπνά τα πρόβατα που κοιμόνταν ακόμη. Είχε προσέξει ότι, μόλις ξυπνούσε, ξυπνούσαν ταυτόχρονα και τα περισσότερα ζώα. Σαν να υπήρχε μια μυστική δύναμη που ένωνε τη ζωή εκείνων των προβάτων, που εδώ και δυο χρόνια διέτρεχαν μαζί του τη γη, ψάχνοντας νερό και τροφή. «Μ' έχουν συνηθίσει τόσο πολύ, που γνωρίζουν όλα τα ωράριά μου», είπε χαμηλόφωνα. Συλλογίστηκε μια στιγμή και συμπέρανε ότι και το αντίθετο ήταν δυνατό: εκείνος να είχε συμμορφωθεί με το ωράριο των προβάτων.

Υπήρξαν όμως μερικά πρόβατα που αργούσαν πιο πολύ να σηκωθούν. Το αγόρι τα ξύπνησε ένα ένα με την γκλίτσα, φωνάζοντας το καθένα με το όνομά του. Πάντα πίστευε ότι τα πρόβατα μπορούσαν να καταλάβουν τι έλεγε. Γι' αυτό τους διάβαζε καμιά φορά φωναχτά τα σημεία των βιβλίων που τον είχαν εντυπωσιάσει ή τους μιλούσε για τη μοναξιά ή τη χαρά της ζωής ενός βοσκού στον κάμπο ή σχολίαζε ό,τι καινούριο έβλεπε στις πόλεις απ' όπου περνούσε.

Τις τελευταίες δυο μέρες, όμως, είχε μία και μόνη έγνοια: το κορίτσι, την κόρη του εμπόρου, που έμενε στην πόλη όπου θα έφτανε σε τέσσερις μέρες. Είχε μείνει εκεί μόνο μία μέρα, πριν από ένα χρόνο. Ο έμπορος ήταν ιδιοκτήτης ενός μαγαζιού υφασμάτων και ήθελε πάντα να κουρεύουν τα πρόβατα μπροστά του για να αποφεύγει τις απάτες. Κάποιος φίλος του είχε μιλήσει για το μαγαζί και ο βοσκός είχε οδηγήσει τα πρόβατά του εκεί.

– Πρέπει να πουλήσω λίγο μαλλί, είπε στον έμπορο.

Το μαγαζί ήταν γεμάτο και ο έμπορος παρακάλεσε το βοσκό να περιμένει ως το βράδυ. Αυτός κάθισε στο σκαλοπάτι του μαγαζιού κι έβγαλε ένα βιβλίο από το δισάκι του.

– Δε φανταζόμουν ότι οι βοσκοί μπορούν να διαβάζουν βιβλία, είπε μια γυναικεία φωνή δίπλα του.

Ήταν μια κοπέλα, χαρακτηριστικό παράδειγμα των

γυναικών της Ανδαλουσίας, με ίσια μαύρα μαλλιά και μάτια που θύμιζαν κάπως τους παλιούς Μαυριτανούς κατακτητές.

– Τα πρόβατα διδάσκουν περισσότερα από τα βιβλία.

Συνέχισαν να συζητούν για περισσότερο από δύο ώρες. Η κοπέλα είπε ότι ήταν η κόρη του εμπόρου και του μίλησε για τη ζωή στο χωριό, όπου η κάθε ημέρα ήταν ίδια με την προηγούμενη. Ο βοσκός τής μίλησε για την ύπαιθρο της Ανδαλουσίας και για ό,τι καινούριο είχε δει στις πόλεις από τις οποίες είχε περάσει. Αισθανόταν ευτυχισμένος που μιλούσε με κάποιον άλλο αντί με τα πρόβατά του.

– Πού έμαθες να διαβάζεις; ρώτησε κάποια στιγμή η κοπέλα.

– Όπου όλος ο κόσμος, απάντησε το αγόρι. Στο σχολείο.

– Αφού μπορείς και διαβάζεις, γιατί είσαι ένας απλός βοσκός;

Το αγόρι κατέφυγε σε κάποια υπεκφυγή για να μην απαντήσει στην ερώτηση. Ήταν σίγουρος ότι η κοπέλα δε θα καταλάβαινε ποτέ. Συνέχισε τη διήγηση των ταξιδιών του και τα μικρά μαυριτανικά μάτια ανοιγόκλειναν από έκπληξη και θαυμασμό. Όσο περνούσε η ώρα, το αγόρι όλο και περισσότερο επιθυμούσε να μην τελειώσει ποτέ εκείνη η μέρα, να συνεχίσει να είναι απασχολημένος ο πατέρας της κοπέλας και να του πει να περιμένει τρεις μέρες. Κατάλαβε ότι αισθανόταν κάτι που δεν είχε αισθανθεί μέχρι τώρα: την επιθυμία να εγκατασταθεί για πάντα σε μια πόλη. Με το κορίτσι με τα μαύρα μαλλιά οι μέρες δε θα ήταν ποτέ ίδιες.

Τελικά, όμως, έφτασε ο έμπορος και του ζήτησε να κουρέψει τα πρόβατα. Στη συνέχεια, του πλήρωσε ό,τι χρωστούσε και του είπε να ξανάρθει σ' ένα χρόνο.

Τώρα έμεναν μόνο τέσσερις μέρες για να φτάσει στο ίδιο χωριό. Ήταν αναστατωμένος και συνάμα επιφυλακτικός: ίσως να τον είχε ξεχάσει το κορίτσι. Τόσοι βοσκοί περνούσαν από κει για να πουλήσουν μαλλί.

– Δεν έχει σημασία, είπε το αγόρι στα πρόβατά του. Κι εγώ γνωρίζω άλλα κορίτσια σε άλλες πόλεις.

Ενδόμυχα όμως ήξερε ότι είχε σημασία. Και ότι οι βοσκοί, όπως οι ναύτες ή οι πλασιέ, γνώριζαν πάντα μια πόλη όπου ζούσε κάποιος ικανός να τους κάνει να ξεχάσουν τη χαρά τού να ταξιδεύεις ελεύθερα στον κόσμο.

Η ΜΕΡΑ γλυκοχάραζε και ο βοσκός οδήγησε τα πρόβατά του προς τον ήλιο. «Ποτέ δεν έχουν ανάγκη να πάρουν μια απόφαση», σκέφτηκε. «Ίσως γι' αυτό να μένουν πάντα δίπλα μου». Η μόνη ανάγκη που αισθάνονταν τα πρόβατα ήταν για νερό και τροφή. Όσο καιρό το αγόρι θα γνώριζε τα καλύτερα βοσκοτόπια της Ανδαλουσίας, θα ήταν πάντα φίλοι του. Ακόμη κι αν οι μέρες ήταν όλες ίδιες, με ατέλειωτες ώρες να σέρνονται μεταξύ ανατολής και δύσης· ακόμη κι αν δεν είχαν διαβάσει ποτέ τους ένα έστω βιβλίο σ' όλη τους τη μικρή ζωή και δε γνώριζαν τη γλώσσα των ανθρώπων που διηγούνταν τα νέα στα χωριά. Ήταν ευχαριστημένα με το νερό και την τροφή κι αυτό τους ήταν αρκετό. Ως ανταλλαγή προσέφεραν γενναιόδωρα το μαλλί, τη συντροφιά και –πότε πότε– το κρέας τους.

«Αν κάποια στιγμή μεταμορφωνόμουν σε τέρας και αποφάσιζα να τα σφάξω ένα ένα, δε θα το έπαιρναν είδηση παρά όταν θα είχε σφαχτεί σχεδόν όλο το κοπάδι», σκέφτηκε το αγόρι. «Γιατί μου έχουν εμπιστοσύνη και σταμάτησαν να εμπιστεύονται το ένστικτό τους. Μόνο και μόνο επειδή τα οδηγώ προς την τροφή».

Το αγόρι άρχισε να απορεί για τις ίδιες του τις σκέψεις, να τις βρίσκει παράξενες. Ίσως η εκκλησία, μ' αυτή τη συκομουριά που φύτρωνε μέσα της, να ήταν στοιχειωμένη. Αυτή ήταν άραγε η αιτία που είχε δει δεύτερη φορά το ίδιο όνειρο και που ένιωθε ένα αίσθημα θυμού εναντίον των προβάτων, των πάντα τόσο πιστών φίλων του. Ήπιε λίγο κρασί που είχε περισσέψει από το δείπνο της προηγούμενης μέρας και έσφιξε την κάπα στο σώμα του. Ήξερε ότι σε λίγες ώρες, με τον ήλιο στο ζενίθ, θα έκανε τόση ζέστη, που δε θα μπορούσε να οδηγήσει τα πρόβατα μέσα στον κάμπο. Ήταν η ώρα που όλη η Ισπανία κοιμόταν το καλοκαίρι. Η ζέστη κρατούσε μέχρι τη νύχτα κι ως τότε θα έπρεπε να κουβαλάει την κάπα. Παρ' όλα αυτά, όποτε του ερχόταν να διαμαρτυρηθεί για το βάρος της, θυμόταν ότι χάρη σ' εκείνη δεν κρύωνε τα χαράματα, την αυγή.

«Πρέπει να είμαστε πάντα προετοιμασμένοι για τα απρόβλεπτα του καιρού», σκεφτόταν τότε και ένιωθε ευγνωμοσύνη για το βάρος της κάπας του.

Η κάπα είχε ένα λόγο ύπαρξης· το ίδιο και το αγόρι. Δυο χρόνια τώρα στις πεδιάδες της Ανδαλουσίας και ήξερε ήδη απέξω όλες τις πόλεις της περιοχής κι ήταν αυτό που έδινε νόημα στη ζωή του: να ταξιδεύει. Αυτή τη φορά είχε σκοπό να εξηγήσει στην κοπέλα πώς ένας απλός βοσκός ήξερε να διαβάζει: μέχρι τα δεκαέξι του ήταν σε μια ιερατική σχολή. Οι γονείς του ήθελαν να τον κάνουν παπά, κάτι που θα έκανε περήφανη μια αγροτική οικογένεια, που πάλευε μόνο για την τροφή και το νερό, όπως τα πρόβατά του. Έμαθε λατινικά, ισπανικά και θεολογία. Από μικρό παιδί όμως το όνειρό του ήταν να γνωρίσει τον κόσμο κι αυτό ήταν σπουδαιότερο από το να γνωρίσει το Θεό ή τις αμαρτίες των ανθρώπων. Κάποιο απόγευμα που είχε επισκεφτεί την οικογένειά του, είχε βρει το θάρρος να πει του πατέρα του ότι δεν ήθελε να γίνει παπάς. Να ταξιδεύει, αυτό ήθελε!

– Άνθρωποι απ' όλο τον κόσμο έχουν περάσει απ' αυτό το χωριό, γιε μου, είπε ο πατέρας. Αναζητούν καινούρια πράγματα, αλλά παραμένουν ίδιοι. Ανεβαίνουν στο λόφο για να επισκεφτούν το κάστρο και ανακαλύπτουν ότι το παρελθόν είναι καλύτερο κι απ' το παρόν. Έχουν μαλλιά ξανθά ή σκούρο δέρμα, όμως είναι ίδιοι με τους ανθρώπους του χωριού μας.

– Μα εγώ δε γνωρίζω τα κάστρα των χωρών τους, αποκρίθηκε το αγόρι.

– Αυτοί οι άνθρωποι, όταν γνωρίζουν τους κάμπους και τις γυναίκες μας, λένε ότι θα ήθελαν να ζουν εδώ για πάντα, συνέχισε ο πατέρας.

– Θέλω να γνωρίσω τις γυναίκες και τις χώρες απ' όπου ήρθαν, είπε το αγόρι. Γιατί ποτέ δε μένουν εδώ μαζί μας.

– Οι άνθρωποι αυτοί έχουν επάνω τους ένα γεμάτο πορτοφόλι, είπε ξανά ο πατέρας. Από μας μόνο οι βοσκοί ταξιδεύουν.

– Τότε θα γίνω βοσκός.

Ο πατέρας δεν είπε τίποτε άλλο. Την επομένη τού έδωσε μια τσάντα με τρία παλιά χρυσά ισπανικά νομίσματα.

– Τα βρήκα κάποτε στον κάμπο. Θα τα χάριζα στην εκκλησία, για προίκα σου. Αγόρασε ένα κοπάδι και γύρισε τον κόσμο μέχρι να μάθεις ότι το κάστρο μας είναι το πιο σπουδαίο και οι γυναίκες μας οι πιο όμορφες.

Του έδωσε την ευχή του. Και στα μάτια του πατέρα του το αγόρι διάβασε την επιθυμία κι εκείνου να γυρίσει τον κόσμο. Μια επιθυμία ακόμη ζωντανή, παρά τις δεκάδες χρόνια που είχε προσπαθήσει να τη θάψει καθώς συνέχιζε να πίνει, να τρώει και να κοιμάται στο ίδιο μέρος.

Ο ορίζοντας βάφτηκε κόκκινος και μετά βγήκε ο ήλιος. Το αγόρι θυμήθηκε τη συζήτηση με τον πατέρα του και αισθάνθηκε χαρούμενο· ήδη είχε γνωρίσει πολλά κάστρα και πολλές γυναίκες (καμιά όμως σαν εκείνη που τον περίμενε σε δυο μέρες). Είχε μια κάπα, ένα βιβλίο που θα μπορούσε να ανταλλάξει με ένα άλλο κι ένα κοπάδι πρόβατα. Το πιο σημαντικό, όμως, ήταν ότι κάθε μέρα πραγματοποιούσε το μεγάλο όνειρο της ζωής του: να ταξιδεύει. Αν τυχόν βαριόταν τους κάμπους της Ανδαλουσίας, θα μπορούσε να πουλήσει τα πρόβατά του και να γίνει ναύτης. Αν βαριόταν τη θάλασσα, θα είχε στο μεταξύ γνωρίσει πολλές πόλεις, πολλές γυναίκες, πολλές ευκαιρίες να γίνει ευτυχισμένος.

«Δεν καταλαβαίνω πώς ψάχνουν για το Θεό στην ιερατική σχολή», σκέφτηκε ενώ κοιτούσε τον ήλιο που έβγαινε. Όποτε ήταν δυνατό, προσπαθούσε ν' ακολουθεί ένα διαφορετικό δρομολόγιο. Δεν είχε ξαναβρεθεί σ' εκείνη την εκκλησία, αν και είχε περάσει τόσες φορές από κει. Ο κόσμος ήταν απέραντος και ατελείωτος και, αν εκείνος αφηνόταν, μόνο για λίγο, να οδηγηθεί από τα πρόβατα, στο τέλος θα ανακάλυπτε και άλλα ενδιαφέροντα πράγματα.

«Το πρόβλημα είναι ότι εκείνα δεν καταλαβαίνουν ότι κάθε μέρα ακολουθούσαν έναν καινούριο δρόμο.

Δεν αντιλαμβάνονται ότι άλλαξαν τα βοσκοτόπια, ότι οι εποχές είναι διαφορετικές, γιατί μόνο το νερό και η τροφή τα νοιάζει.

»Ίσως να συμβαίνει το ίδιο με όλους μας. Ακόμη και με μένα, που δε σκέφτομαι άλλες γυναίκες από τότε που γνώρισα την κόρη του εμπόρου».

Κοίταξε τον ουρανό· σύμφωνα με τους υπολογισμούς του, θα βρισκόταν στην Ταρίφα πριν από το μεσημέρι. Εκεί θα μπορούσε να αλλάξει το βιβλίο του με έναν πιο χοντρό τόμο, να γεμίσει το μπουκάλι με κρασί, να ξυριστεί και να κουρευτεί· έπρεπε να προετοιμαστεί για τη συνάντηση με την κοπέλα και δεν ήθελε ούτε να σκεφτεί το ενδεχόμενο να τον έχει προφτάσει ένας άλλος βοσκός με περισσότερα πρόβατα και να έχει ζητήσει το χέρι της.

«Είναι η δυνατότητα να πραγματοποιήσεις ένα όνειρο, που δίνει ενδιαφέρον στη ζωή», συλλογίστηκε, ενώ κοιτούσε ξανά τον ουρανό και επιτάχυνε το βήμα του. Μόλις είχε θυμηθεί ότι στην Ταρίφα ζούσε μια γριά που ερμήνευε όνειρα. Εκείνο το βράδυ, ξανάδε το ίδιο όνειρο με την προηγούμενη νύχτα.

Η ΓΡΙΑ οδήγησε το αγόρι στο βάθος του σπιτιού, σε ένα δωμάτιο το οποίο χώριζε από το σαλόνι μια κουρτίνα από πολύχρωμο πλαστικό. Εκεί μέσα υπήρχε ένα τραπέζι, μια εικόνα του Χριστού και δυο καρέκλες.

Η γριά κάθισε και του υπέδειξε να κάνει το ίδιο. Στη συνέχεια έπιασε τα δυο χέρια του αγοριού και προσευχήθηκε χαμηλόφωνα.

Ακουγόταν σαν προσευχή τσιγγάνας. Το αγόρι είχε ξανασυναντήσει πολλούς τσιγγάνους στο δρόμο του· ταξίδευαν και αυτοί, όμως δεν είχαν πρόβατα. Ο κόσμος έλεγε ότι οι τσιγγάνοι ζούσαν εξαπατώντας τους άλλους. Λεγόταν επίσης ότι είχαν κάνει συμφωνία με δαίμονες και ότι απήγαν μικρά παιδιά για να τα χρησιμοποιήσουν ως σκλάβους στους μυστηριώδεις καταυλισμούς τους. Όταν ήταν μικρό παιδί, ο νεαρός βοσκός ένιωθε τρόμο στην ιδέα ότι μπορεί να τον απαγάγουν τσιγγάνοι και αυτός ο παλιός φόβος εκδηλώθηκε ξανά, καθώς η γριά του κρατούσε τα χέρια.

«Υπάρχει, όμως, η εικόνα του Χριστού», σκέφτηκε

προσπαθώντας να ηρεμήσει. Δεν ήθελε ν' αρχίσει να τρέμει το χέρι του, μην τυχόν και αντιληφθεί η γριά το φόβο του. Είπε σιωπηλά ένα «Πάτερ Ημών».

– Ενδιαφέρον, είπε η γριά, χωρίς να σηκώσει το βλέμμα από το χέρι του αγοριού. Και πάλι σώπασε.

Το αγόρι γινόταν όλο και πιο νευρικό. Άθελά του τα χέρια του άρχισαν να τρέμουν και η γριά το κατάλαβε. Τράβηξε γρήγορα τα χέρια του.

– Δεν ήρθα εδώ για να διαβάσεις το χέρι μου, είπε, μετανιώνοντας κιόλας που είχε πατήσει σε αυτό το σπίτι.

Για μια στιγμή σκέφτηκε ότι θα ήταν καλύτερα να πληρώσει την επίσκεψη και να φύγει χωρίς να μάθει τίποτε. Αναμφίβολα, έδινε πολλή σημασία σε αυτό το όνειρο που είχε δει δύο φορές.

– Ήρθες να με ρωτήσεις για τα όνειρα, είπε η γριά. Και τα όνειρα είναι η γλώσσα του Θεού. Όταν Εκείνος μιλά τη γλώσσα των ανθρώπων, μπορώ να την ερευνήσω. Αν όμως μιλά τη γλώσσα της ψυχής σου, μόνο εσύ μπορείς να καταλάβεις. Εγώ την επίσκεψη θα την εισπράξω, έτσι κι αλλιώς.

«Άλλο κόλπο κι αυτό», σκέφτηκε το αγόρι. Όμως, αποφάσισε να το διακινδυνέψει. Ένας βοσκός αντιμετωπίζει πάντα τον κίνδυνο των λύκων ή της ανομβρίας και αυτό ακριβώς είναι που κάνει το επάγγελμά του πιο συναρπαστικό.

– Είδα δυο φορές το ίδιο όνειρο, είπε. Ονειρεύτηκα ότι βρισκόμουν σ' ένα βοσκοτόπι με τα πρόβατά μου και ξαφνικά εμφανίστηκε ένα μικρό παιδί κι άρχισε να παίζει με τα ζώα. Δε μου αρέσει να πειράζουν τα πρόβατά μου, γιατί φοβούνται τους ανθρώπους που δεν ξέρουν. Τα μικρά παιδιά όμως καταφέρνουν πάντα ν' αγγίζουν τα ζώα χωρίς να τα τρομάζουν. Δεν ξέρω γιατί. Δεν ξέρω πώς καταλαβαίνουν τα ζώα την ηλικία των ανθρώπων.

– Μίλα μόνο για το όνειρό σου, είπε η γριά. Έχω το φαγητό πάνω στη φωτιά. Εξάλλου, δεν έχεις πολλά λεφτά και δεν μπορείς να με απασχολείς τόση ώρα.

– Το μικρό παιδί συνέχισε να παίζει για λίγη ακόμη ώρα με τα πρόβατα, είπε το αγόρι κάπως συνεσταλμένα. Ξαφνικά με πήρε από το χέρι και με οδήγησε στις πυραμίδες της Αιγύπτου.

Το αγόρι περίμενε λίγο, μήπως η γριά δεν ήξερε τι θα πει πυραμίδες της Αιγύπτου. Η γριά όμως παρέμεινε σιωπηλή.

– Εκεί, στις πυραμίδες της Αιγύπτου –πρόφερε αργά τις τρεις τελευταίες λέξεις, για να τις καταλάβει καλά η γριά– το μικρό παιδί μού είπε: «Αν έρθεις μέχρι εδώ, θα βρεις έναν κρυμμένο θησαυρό». Και τη στιγμή που ετοιμαζόταν να μου δείξει το ακριβές σημείο, εγώ ξύπνησα. Και τις δυο φορές.

Η γριά έμεινε σιωπηλή για ένα διάστημα. Μετά ξανάπιασε τα χέρια του αγοριού και τα ξαναμελέτησε προσεχτικά.

– Δε θα σου πάρω λεφτά, είπε η γριά. Αλλά θέλω το ένα δέκατο του θησαυρού, αν ποτέ τον βρεις.

Το αγόρι γέλασε χαρούμενο.

Δε θα ξόδευε τώρα τα λίγα λεφτά που είχε, χάρη σ' ένα όνειρο που μιλούσε για κρυμμένους θησαυρούς! Η γριά θα ήταν σίγουρα τσιγγάνα και οι τσιγγάνοι είναι ανόητοι.

– Τι σημαίνει το όνειρο; ρώτησε το αγόρι.

– Πρέπει πρώτα να ορκιστείς. Να ορκιστείς ότι θα μου δώσεις το ένα δέκατο του θησαυρού ως αντάλλαγμα για όσα θα σου πω.

Το αγόρι ορκίστηκε. Η γριά τού ζήτησε να επαναλάβει τον όρκο κοιτώντας την εικόνα του Χριστού.

– Πρόκειται για ένα όνειρο της γλώσσας των ανθρώπων, είπε εκείνη. Μπορώ να το ερμηνεύσω, είναι όμως μία πολύ δύσκολη ερμηνεία. Γι' αυτό, νομίζω ότι αξίζω ένα μερίδιο από ό,τι βρεις.

»Η ερμηνεία είναι η εξής: πρέπει να πας μέχρι τις

πυραμίδες της Αιγύπτου. Δεν έχω ξανακούσει γι' αυτές, αλλά, για να σου τις δείξει ένα παιδί, θα πει ότι υπάρχουν. Εκεί θα βρεις ένα θησαυρό που θα σε κάνει πλούσιο.

Το αγόρι ξαφνιάστηκε και στη συνέχεια νευρίασε. Δεν είχε έρθει στη γριά για να μάθει τόσο λίγα. Τελικά θυμήθηκε ότι δεν πλήρωνε τίποτε.

– Άδικα έχασα την ώρα μου, είπε.

– Γι' αυτό σου είπα ότι το όνειρό σου είναι δύσκολο. Τα απλά πράγματα είναι τα πιο ασυνήθιστα και μόνο οι σοφοί τα διακρίνουν. Μια που δεν είμαι καμιά σοφή, πρέπει να γνωρίζω άλλες τέχνες, σαν τη χειρομαντεία.

– Και πώς θα φτάσω μέχρι την Αίγυπτο;

– Το μόνο που κάνω είναι να ερμηνεύω τα όνειρα. Δεν έχω τη δύναμη να τα μετατρέψω σε πραγματικότητα. Γι' αυτό είμαι υποχρεωμένη να ζω με όσα μου δίνουν οι κόρες μου.

– Κι αν δε φτάσω μέχρι την Αίγυπτο;

– Δε θα πληρωθώ. Δε θα είναι και η πρώτη φορά.

Και η γριά δεν είπε τίποτε άλλο. Παρακάλεσε το αγόρι να περάσει έξω. Αρκετά είχε ασχοληθεί μαζί του.

Το ΑΓΟΡΙ έφυγε απογοητευμένο και αποφασισμένο να μην πιστέψει ποτέ πια σε όνειρα. Θυμήθηκε ότι είχε ένα σωρό δουλειές. Πήγε να φάει κάτι, άλλαξε το βιβλίο του μ' ένα πιο χοντρό βιβλίο και κάθισε σ' ένα παγκάκι της πλατείας για να απολαύσει το καινούριο κρασί που είχε αγοράσει. Ήταν ζεστή μέρα και το κρασί –αδιερεύνητο μυστήριο!– κατάφερε να τον δροσίσει λίγο. Είχε αφήσει τα πρόβατα στην είσοδο της πόλης, στο μαντρί ενός καινούριου φίλου του. Γνώριζε πολύ κόσμο σ' εκείνα τα μέρη και αυτός ήταν ο λόγος που του άρεσαν τα ταξίδια. Αποκτάς καινούριους φίλους και δεν είναι ανάγκη να βρίσκεσαι μαζί τους κάθε μέρα. Όταν βλέπεις πάντα τα ίδια πρόσωπα –κι αυτό συνέβη στην ιερατική σχολή–, καταλήγεις στο να γίνουν κομμάτι της ζωής σου. Κι όταν γίνουν κομμάτι της ζωής σου, επιδιώκουν να την αλλάξουν. Αν δεν ανταποκρίνεσαι στις προσδοκίες τους, γκρινιάζουν. Κι αυτό γιατί όλοι οι άλλοι νομίζουν ότι ξέρουν το πώς πρέπει να ζούμε τη δική μας ζωή. Κανείς όμως δε γνωρίζει πώς πρέπει να ζει τη ζωή του. Σαν τη γριά που ερμήνευε τα όνειρα, αλλά δε γνώριζε πώς να τα μετατρέψει σε πραγματικότητα.

Αποφάσισε να περιμένει να γείρει ο ήλιος λίγο προς τη δύση πριν τραβήξει με τα πρόβατά του προς τον κάμπο. Σε τρεις μέρες θα συναντούσε την κόρη του εμπόρου.

Άρχισε να διαβάζει το βιβλίο που του είχε δώσει ο ιερέας της Ταρίφας. Ήταν ένα χοντρό βιβλίο όπου από την πρώτη κιόλας σελίδα γινόταν λόγος για μια κηδεία. Επιπλέον, τα πρόσωπα είχαν πολύπλοκα ονόματα. Αν κάποτε έγραφε βιβλία, σκέφτηκε, θα φρόντιζε να παρουσιάζει ένα ένα τα πρόσωπα, για να μην αναγκάζει τους αναγνώστες ν' αποστηθίζουν όλα τα ονόματα ταυτόχρονα.

Ενώ είχε καταφέρει να συγκεντρωθεί στο διάβασμα –και ήταν ευχάριστο, γιατί γινόταν λόγος για μια κηδεία στο χιόνι, κάτι που του μετέδιδε ένα αίσθημα ψύχρας κάτω από εκείνο τον καυτό ήλιο–, ένας γέρος ήρθε, κάθισε δίπλα του και άρχισε να του μιλάει.

– Τι κάνουν αυτοί εκεί; ρώτησε ο γέρος δείχνοντας τους ανθρώπους στην πλατεία.

– Εργάζονται, απάντησε κοφτά το αγόρι και προσποιήθηκε ότι είχε βυθιστεί ξανά στο διάβασμα. Στην πραγματικότητα, σκεφτόταν ότι έπρεπε να κουρέψει τα πρόβατα μπροστά στην κόρη του εμπόρου, για να διαπιστώσει εκείνη πόσο ικανός ήταν. Πόσες φορές είχε φανταστεί αυτή τη σκηνή· και κάθε φορά το κορίτσι τον κοιτούσε με θαυμασμό, όταν εκείνος άρχιζε να της εξηγεί ότι τα πρόβατα πρέπει να τα κουρεύουμε από τα πίσω προς τα εμπρός. Προσπαθούσε επίσης να θυμηθεί μερικές καλές ιστορίες που θα της διηγιόταν καθώς θα κούρευε τα πρόβατα. Τις περισσότερες τις είχε διαβάσει σε βιβλία, αλλά θα τις διηγιόταν σαν να ήταν δικά του βιώματα. Εκείνη δε θα καταλάβαινε τη διαφορά, γιατί δεν ήξερε να διαβάζει βιβλία.

Ο γέρος όμως συνέχισε να επιμένει. Είπε ότι ένιωθε κουρασμένος και διψασμένος και ζήτησε απ' το αγόρι μια γουλιά κρασί. Το αγόρι τού πρόσφερε το μπουκάλι· ίσως έτσι τον άφηνε ήσυχο.

Ο γέρος όμως ήθελε οπωσδήποτε κουβέντα. Ρώτησε τι βιβλίο διάβαζε το αγόρι. Εκείνο σκέφτηκε να φερθεί με αγένεια και ν' αλλάξει παγκάκι, ο πατέρας του όμως το είχε μάθει να σέβεται τους πιο ηλικιωμένους. Κι έτσι έδειξε το βιβλίο στο γέρο για δυο λόγους: πρώτον, γιατί δεν μπορούσε να προφέρει τον τίτλο και, δεύτερον, αν ο γέρος δεν ήξερε να διαβάζει, από μόνος του θα άλλαζε παγκάκι, για να μην αισθάνεται ταπεινωμένος.

– Α! είπε ο γέρος περιεργαζόμενος το βιβλίο απ' όλες τις πλευρές, λες και επρόκειτο για παράξενο αντικείμενο. Είναι σπουδαίο βιβλίο, βαρετό όμως.

Το αγόρι ξαφνιάστηκε. Ώστε και ο γέρος ήξερε να διαβάζει και είχε μάλιστα διαβάσει κι εκείνο το βιβλίο. Και αν το βιβλίο, όπως έλεγε, ήταν βαρετό, τότε προλάβαινε να το αλλάξει με κάποιο άλλο.

– Πρόκειται για ένα βιβλίο που λέει ό,τι λένε σχεδόν όλα τα βιβλία, συνέχισε ο γέρος. Για την αδυναμία των ανθρώπων να ορίζουν την ίδια τους τη μοίρα. Στο τέλος, καταφέρνει να κάνει τους πάντες να πιστέψουν στο μεγαλύτερο ψέμα του κόσμου.

– Και ποιο είναι το μεγαλύτερο ψέμα του κόσμου; ρώτησε έκπληκτο το αγόρι.

– Είναι το εξής: κάποια στιγμή χάνουμε την ικανότητα να ελέγχουμε τη ζωή μας και βρισκόμαστε στο έλεος της μοίρας. Αυτό είναι το μεγαλύτερο ψέμα του κόσμου.

– Δε μου συνέβη κάτι τέτοιο, είπε το αγόρι. Ήθελαν να με κάνουν παπά κι εγώ αποφάσισα να γίνω βοσκός.

– Καλύτερα έτσι, είπε ο γέρος. Γιατί σου αρέσει να ταξιδεύεις.

«Μάντεψε τις σκέψεις μου», συλλογίστηκε το αγόρι. Ο γέρος, στο μεταξύ, ξεφύλλιζε το χοντρό βιβλίο, καθόλου διατεθειμένος να το δώσει πίσω. Το αγόρι πρόσεξε ότι ήταν παράξενα ντυμένος· έμοιαζε με Άραβα, κάτι που δεν ήταν ασυνήθιστο σ' εκείνη την περιοχή. Η Αφρική απείχε μόνο μερικές ώρες από την Ταρίφα· αρκούσε να διασχίσεις το μικρό στενό με μια βάρκα. Συχνά εμφανίζονταν Άραβες στην πόλη, ψώνιζαν και προσεύχονταν με παράξενο τρόπο πολλές φορές τη μέρα.

– Από πού είστε, κύριε; ρώτησε.

– Από πολλά μέρη.

– Αδύνατο να είναι κανείς από πολλά μέρη, είπε το αγόρι. Εγώ είμαι βοσκός και πηγαίνω σε πολλά μέρη. Κατάγομαι όμως από ένα και μόνο μέρος, από μια πόλη κοντά σ' ένα κάστρο. Εκεί γεννήθηκα.

– Τότε μπορούμε να πούμε ότι εγώ γεννήθηκα στη Σαλίμ.

Το αγόρι δεν ήξερε προς τα πού έπεφτε η Σαλίμ, δεν ήθελε όμως να ρωτήσει, για να μην ντραπεί για την άγνοιά του. Κοίταξε για μια στιγμή προς την πλατεία. Ο κόσμος πηγαινοερχόταν και φαινόταν πολύ απασχολημένος.

– Πώς είναι η Σαλίμ; ρώτησε το αγόρι, προσπαθώντας να βρει κάποια άκρη.

– Όπως ήταν πάντα.

Ακόμη δεν μπορούσε να καταλάβει. Ήξερε τουλάχιστον ότι η Σαλίμ δεν ήταν στην Ανδαλουσία, αλλιώς θα τη γνώριζε αυτή την πόλη.

– Και τι κάνετε στη Σαλίμ; επέμεινε.

– Τι κάνω στη Σαλίμ; Για πρώτη φορά ο γέρος ξεκαρδίστηκε στα γέλια. Μα είμαι ο βασιλιάς της Σαλίμ!

«Οι άνθρωποι λένε πράγματα πολύ παράξενα», σκέφτηκε το αγόρι. «Καμιά φορά είναι προτιμότερο να είσαι με τα πρόβατα. Δε μιλάνε και ψάχνουν μόνο τροφή και νερό. Ή καλύτερα να είσαι με τα βιβλία που διηγούνται απίθανες ιστορίες, μόνο τις ώρες που εσύ θέλεις να τις ακούσεις. Όταν όμως μιλάς με τους ανθρώπους, σου λένε κάτι πράγματα, που δεν ξέρεις πώς να δώσεις συνέχεια στην κουβέντα».

– Με λένε Μελχισεδέκ, είπε ο γέρος. Πόσα πρόβατα έχεις;

– Όσα χρειάζονται, απάντησε το αγόρι. Ο γέρος ήθελε να μάθει περισσότερα για τη ζωή του.

– Τότε αντιμετωπίζουμε ένα πρόβλημα. Δεν μπορώ να σε βοηθήσω, εφόσον νομίζεις ότι έχεις αρκετά πρόβατα.

Το αγόρι νευρίασε. Δε ζητούσε βοήθεια. Ήταν ο γέρος που είχε ζητήσει κρασί, κουβέντα κι ένα βιβλίο.

– Δώστε μου πίσω το βιβλίο, είπε. Πρέπει να πάω

να φέρω τα πρόβατά μου και να συνεχίσω το δρόμο μου.

– Δώσε μου το ένα δέκατο των προβάτων σου, είπε ο γέρος. Θα σου δείξω πώς θα φτάσεις στον κρυμμένο θησαυρό.

Το αγόρι θυμήθηκε το όνειρο και ξαφνικά όλα εξηγήθηκαν. Η γριά δεν είχε εισπράξει τίποτε, ο γέρος όμως –που ίσως ήταν ο άντρας της– θα κατάφερνε να αρπάξει πιο πολλά λεφτά, με αντάλλαγμα μια ανύπαρκτη πληροφορία. Ο γέρος ήταν μάλλον και αυτός τσιγγάνος.

Πριν όμως πει το αγόρι τίποτε, ο γέρος έσκυψε, έπιασε ένα ξυλάκι κι άρχισε να γράφει πάνω στην άμμο της πλατείας. Όταν έσκυψε, κάτι έλαμψε τόσο έντονα πάνω στο στήθος του, που το αγόρι σχεδόν τυφλώθηκε. Αλλά με μια κίνηση υπερβολικά γρήγορη για άνθρωπο της ηλικίας του, ξανασκέπασε το στήθος του με το μανδύα του. Όταν το αγόρι ξαναβρήκε την όρασή του, μπόρεσε και διάβασε τι είχε γράψει ο γέρος.

Στην άμμο της κεντρικής πλατείας της μικρής πόλης, διάβασε τα ονόματα του πατέρα και της μητέρας του. Διάβασε την ιστορία της ζωής του μέχρι εκείνη τη στιγμή, τα παιχνίδια της παιδικής του ηλικίας, τις κρύες νύχτες της ιερατικής σχολής. Διάβασε το όνομα της κόρης του εμπόρου, που δεν είχε μάθει μέχρι τότε. Διάβασε πράγματα που ποτέ δεν είχε πει σε κανέναν, όπως τη μέρα που είχε πάρει στα κρυφά το όπλο του πατέρα του για να σκοτώσει ελάφια ή την πρώτη σεξουαλική του εμπειρία.

– Είμαι ο βασιλιάς της Σαλίμ, είχε πει ο γέρος.
 – Για ποιο λόγο ένας βασιλιάς πιάνει κουβέντα μ' ένα βοσκό; ρώτησε το αγόρι έκπληκτο.
 – Για πολλούς λόγους. Ας πούμε ότι ο πιο σημαντικός είναι ότι εσύ κατάφερες να πραγματοποιήσεις τον Προσωπικό Μύθο σου.
 Το αγόρι δεν είχε ιδέα τι θα πει Προσωπικός Μύθος.
 – Είναι αυτό που πάντα επιθυμούσες να κάνεις. Όλοι οι άνθρωποι, στα πρώτα νεανικά τους χρόνια, ξέρουν ποιος είναι ο Προσωπικός Μύθος τους.
 »Την εποχή αυτή της ζωής όλα είναι ξεκάθαρα, όλα γίνονται και οι άνθρωποι δε φοβούνται να ονειρεύονται και να επιθυμούν όσα θα ήθελαν να πραγματοποιήσουν στη ζωή τους. Όσο όμως περνά ο χρόνος, μια μυστική δύναμη αρχίζει να προσπαθεί ν' αποδείξει ότι είναι αδύνατο να πραγματοποιήσει κανείς τον Προσωπικό Μύθο του.

Ο ΑΛΧΗΜΙΣΤΗΣ

Για το αγόρι, τα λόγια του γέρου δεν είχαν και πολύ νόημα. Ήθελε όμως να μάθει ποιες ήταν οι «μυστικές δυνάμεις»· η κόρη του εμπόρου θα έμενε μ' ανοιχτό το στόμα.

— Είναι δυνάμεις που φαίνονται κακές, αλλά στην πραγματικότητα σου διδάσκουν πώς να εκπληρώσεις τον Προσωπικό Μύθο σου. Προετοιμάζουν το πνεύμα και τη θέλησή σου, γιατί πάνω σ' αυτό τον πλανήτη υπάρχει μια μεγάλη αλήθεια: όποιος κι αν είσαι, ό,τι κι αν κάνεις, όταν επιδιώξεις κάτι, σημαίνει ότι η επιθυμία σου πηγάζει από την Ψυχή του Κόσμου. Είναι η αποστολή σου πάνω στη Γη.

— Ακόμη κι αν θέλεις μόνο να ταξιδεύεις; Ή να παντρευτείς την κόρη ενός εμπόρου υφασμάτων;

— Ή ν' αναζητήσεις ένα θησαυρό. Η Ψυχή του Κόσμου τρέφεται από την ευτυχία των ανθρώπων. Ή από τη δυστυχία, το φθόνο, τη ζήλια. Η εκπλήρωση του Προσωπικού του Μύθου, αυτό είναι το μοναδικό χρέος του ανθρώπου. Τα πάντα είναι ένα και μοναδικό πράγμα. Κι όταν επιδιώξεις κάτι, όλο το σύμπαν συνωμοτεί για να γίνει όπως επιθυμείς.

Για ένα διάστημα έμειναν σιωπηλοί, κοιτάζοντας την πλατεία και τους ανθρώπους. Ο γέρος μίλησε πρώτος.

– Γιατί βόσκεις πρόβατα;
– Γιατί μου αρέσει να ταξιδεύω.

Ο άλλος έδειξε έναν πωλητή ποπ κορν, με το κόκκινο καροτσάκι του, σε μια γωνιά της πλατείας.

– Κι εκείνος ο μικροπωλητής ήθελε πάντα να ταξιδεύει όταν ήταν μικρό παιδί. Προτίμησε όμως ν' αγοράσει ένα καροτσάκι για ποπ κορν, να μαζεύει λεφτά χρόνια ολόκληρα. Όταν γεράσει, θα περάσει ένα μήνα στην Αφρική. Ποτέ δεν κατάλαβε ότι πάντα υπάρχει η δυνατότητα να εκπληρώσουμε τα όνειρά μας.

– Θα έπρεπε να είχε διαλέξει να γίνει βοσκός, σκέφτηκε φωναχτά το αγόρι.

– Το σκέφτηκε, είπε ο γέρος. Αλλά οι πωλητές ποπ κορν είναι πιο σημαντικοί από τους βοσκούς. Οι μικροπωλητές ποπ κορν έχουν σπίτι, ενώ οι βοσκοί κοιμούνται στην ύπαιθρο. Ο κόσμος προτιμά να παντρέψει τις κόρες του με μικροπωλητές ποπ κορν παρά με βοσκούς.

Το αγόρι αισθάνθηκε ένα σφίξιμο στην καρδιά κι ο νους του πήγε στην κόρη του εμπόρου. Στην πόλη θα υπήρχε μάλλον κι ένας τέτοιος μικροπωλητής.

– Τέλος πάντων, αυτό που ο κόσμος σκέφτεται για μικροπωλητές ποπ κορν και για βοσκούς γίνεται γι' αυτόν πιο σημαντικό κι από τον Προσωπικό Μύθο.

Ο γέρος ξεφύλλισε το βιβλίο και αφαιρέθηκε διαβάζοντας μια σελίδα. Το αγόρι περίμενε λίγο και τον διέκοψε με τον ίδιο τρόπο που τον είχε διακόψει κι εκείνος.

– Γιατί μου τα λέτε όλα αυτά, κύριε;
– Γιατί προσπαθείς να ζήσεις τον Προσωπικό Μύθο σου. Και είσαι έτοιμος να τον απαρνηθείς.
– Κι εσείς εμφανίζεστε πάντα σε τέτοιες περιπτώσεις;
– Όχι πάντα μ' αυτή τη μορφή, αλλά ποτέ δεν το παρέλειψα. Μερικές φορές εμφανίζομαι με τη μορφή μιας καλής διεξόδου, μιας καλής ιδέας. Άλλες φορές, σε μια κρίσιμη στιγμή, απλουστεύω τα πράγματα. Και ούτω καθεξής. Οι περισσότεροι άνθρωποι όμως δεν το προσέχουν.

Ο γέρος διηγήθηκε ότι την προηγούμενη εβδομάδα είχε αναγκαστεί να εμφανιστεί σ' έναν άνθρωπο που αναζητούσε πολύτιμους λίθους με τη μορφή πέτρας. Ο άνθρωπος αυτός είχε εγκαταλείψει τα πάντα για να πάει να ψάξει για σμαράγδια. Πέντε ολόκληρα χρόνια είχε δουλέψει σ' έναν ποταμό και είχε σπάσει 999.999 πέτρες ψάχνοντας για ένα σμαράγδι. Τότε ο κυνηγός πολύτιμων λίθων σκέφτηκε να παρατήσει, κι όμως του έλειπε μόνο μια πέτρα –μονάχα ΜΙΑ ΠΕΤΡΑ– για ν' ανακαλύψει το σμαράγδι. Επειδή εκείνος ο άνθρωπος είχε επενδύσει τα πάντα στον Προσωπικό Μύθο του, ο γέρος αποφάσισε να επέμβει. Μετατράπηκε σε μια πέτρα που κύλησε κάτω από τα πόδια του κυνηγού πολύτιμων λίθων. Αυτός, με τη λύσσα και την απογοήτευση των χαμένων χρόνων, εκσφενδόνισε την πέτρα μακριά με τέτοια δύναμη, που χτύπησε πάνω σε μια άλλη και τη θρυμμάτισε. Και τότε φανερώθηκε το πιο ωραίο σμαράγδι του κόσμου.

– Οι άνθρωποι μαθαίνουν πολύ νωρίς το νόημα της ζωής, είπε ο γέρος με κάποια πικρία στα μάτια. Ίσως γι' αυτό τα παρατάνε επίσης νωρίς. Έτσι όμως είναι ο κόσμος.

Τότε το αγόρι θυμήθηκε ότι η συζήτηση είχε ξεκινήσει από τον κρυμμένο θησαυρό.

– Τους θησαυρούς τούς φέρνει στην επιφάνεια το ορμητικό νερό και το ίδιο πάλι τους θάβει, είπε ο γέρος. Αν θέλεις να μάθεις για το θησαυρό, πρέπει να μου διαθέσεις το ένα δέκατο των προβάτων σου.

– Δεν κάνει το ένα δέκατο του θησαυρού;

Ο γέρος έδειχνε απογοητευμένος.

– Αν αρχίσεις να υπόσχεσαι κάτι που δεν κατέχεις ακόμη, θα χάσεις την όρεξη να το αποκτήσεις.

Το αγόρι εξήγησε τότε ότι είχε υποσχεθεί το ένα δέκατο στην τσιγγάνα.

– Οι τσιγγάνοι είναι έξυπνοι, αναστέναξε ο γέρος.

Όπως κι αν είναι, πρέπει κανείς να μάθει ότι στη ζωή όλα έχουν το αντίτιμό τους. Αυτό είναι που οι Πολεμιστές του Φωτός προσπαθούν να διδάξουν.

Ο γέρος επέστρεψε το βιβλίο στο αγόρι.

– Αύριο, την ίδια ώρα, φέρε μου το ένα δέκατο των προβάτων σου. Θα σου μάθω πώς να αποκτήσεις τον κρυμμένο θησαυρό. Καλό απόγευμα.

Έστριψε σε μια γωνιά της πλατείας και εξαφανίστηκε.

Το αγορι προσπάθησε να συνεχίσει το διάβασμα, δεν κατάφερε όμως να συγκεντρωθεί. Αισθανόταν αναστατωμένος και ήταν σε υπερένταση, γιατί ήξερε ότι ο γέρος είχε πει την αλήθεια. Πήγε μέχρι τον πωλητή ποπ κορν και, αφού αγόρασε ένα σακουλάκι, αναρωτήθηκε αν έπρεπε να του διηγηθεί ή όχι αυτά που του είχε πει ο γέρος. «Καμιά φορά είναι καλύτερα ν' αφήνουμε τα πράγματα όπως είναι», σκέφτηκε το αγόρι και σώπασε. Αν του έλεγε κάτι, ο πωλητής θα σκεφτόταν για τρεις ολόκληρες μέρες αν θα έπρεπε να τα παρατήσει όλα, ήταν όμως πολύ δεμένος με το καροτσάκι του.

Αποφάσισε να μη βάλει το μικροπωλητή σ' ένα τέτοιο βασανιστικό δίλημμα. Άρχισε να σεργιανίζει στην πόλη και έφτασε μέχρι το λιμάνι. Υπήρχε εκεί ένα μικρό κτίριο και στο κτίριο μια μικρή θυρίδα, όπου ο κόσμος αγόραζε εισιτήρια. Η Αίγυπτος ήταν στην Αφρική.

– Θέλετε τίποτε; ρώτησε ο υπάλληλος πίσω απ' τη θυρίδα.

— Μπορεί αύριο, είπε το αγόρι κι απομακρύνθηκε. Ήταν αρκετό να πουλήσει ένα πρόβατο και θα μπορούσε να περάσει στην άλλη πλευρά του στενού. Μια τέτοια ιδέα τού προκαλούσε πανικό.

— Ένας ακόμα ονειροπόλος, είπε ο υπάλληλος πίσω από τη θυρίδα. Δεν έχει λεφτά για να ταξιδεύει.

Καθώς στεκόταν δίπλα στη θυρίδα, το αγόρι θυμήθηκε τα πρόβατά του και φοβήθηκε να γυρίσει πίσω κοντά τους. Δυο ολόκληρα χρόνια είχε μάθει τα πάντα για τη δουλειά του βοσκού· ήξερε να κουρεύει, να φροντίζει τα γκαστρωμένα πρόβατα, να προστατεύει τα ζώα απ' τους λύκους. Γνώριζε όλους τους κάμπους και όλα τα βοσκοτόπια της Ανδαλουσίας. Γνώριζε τη σωστή τιμή αγοραπωλησίας του κάθε ζώου.

Αποφάσισε να επιστρέψει στο μαντρί του φίλου του παίρνοντας τον πιο μακρύ δρόμο. Η πόλη είχε κι ένα κάστρο και το αγόρι αποφάσισε ν' ανέβει τη λιθόστρωτη ανηφόρα και να καθίσει σ' ένα από τα τείχη. Από εκεί πάνω μπορούσε να αντικρίσει την Αφρική. Κάποιος του είχε πει κάποτε ότι από κει είχαν έρθει οι Μαυριτανοί, που για πολλά χρόνια είχαν κατακτήσει όλη σχεδόν την Ισπανία. Το αγόρι μισούσε τους Μαυριτανούς. Αυτοί είχαν φέρει τους τσιγγάνους μαζί τους.

Από κει πάνω μπορούσε να αγναντέψει επίσης όλη

σχεδόν την πόλη, συμπεριλαμβανομένης της πλατείας, όπου είχε συζητήσει με το γέρο.

«Καταραμένη η ώρα που συνάντησα αυτό το γέρο», σκέφτηκε. Απλούστατα είχε αναζητήσει μια γυναίκα που θα ερμήνευε τα όνειρά του. Ούτε η γυναίκα ούτε ο γέρος είχαν δώσει την παραμικρή σημασία στο γεγονός ότι ήταν βοσκός. Ήταν μοναχικοί άνθρωποι που δεν πίστευαν πια στη ζωή και δεν μπορούσαν να καταλάβουν ότι στο τέλος οι βοσκοί δένονται με τα πρόβατά τους. Τα γνώριζε ένα ένα με λεπτομέρειες: ήξερε ποιο κούτσαινε, ποιο θα γεννούσε σε δυο μήνες και ποια ήταν τα πιο τεμπέλικα. Ήξερε επίσης πώς να τα κουρεύει και πώς να τα σφάζει. Αν ποτέ αποφάσιζε να φύγει, εκείνα θα υπέφεραν.

Άρχισε να φυσάει. Τον γνώριζε αυτό τον άνεμο: οι άνθρωποι τον λέγανε λεβάντε, γιατί μαζί του είχε φέρει και τις ορδές των απίστων. Πριν γνωρίσει την Ταρίφα, δεν είχε σκεφτεί ποτέ ότι η Αφρική ήταν τόσο κοντά. Αυτό αποτελούσε μεγάλο κίνδυνο: οι Μαυριτανοί θα μπορούσαν να εισβάλουν ξανά.

Ο λεβάντες φύσηξε πιο δυνατά. «Βρίσκομαι μεταξύ των προβάτων μου και του θησαυρού», σκεφτόταν το αγόρι. Έπρεπε ν' αποφασίσει ανάμεσα σε κάτι που είχε συνηθίσει και κάτι που ήθελε ν' αποκτήσει. Ήταν και η κόρη του εμπόρου, αλλά εκείνη δεν ήταν τόσο σημαντική όσο τα πρόβατα, γιατί δεν εξαρτιόταν από εκείνον. Μπορεί και να μην τον θυμόταν κιόλας. Ήταν σίγουρος ότι, αν εκείνος δεν εμφανιζόταν σε δυο μέρες, το κορίτσι δε θα το έπαιρνε είδηση: για εκείνη όλες οι μέρες ήταν ίδιες και, όταν οι μέρες γίνονται ίδιες, θα πει ότι οι άνθρωποι έχουν πάψει να αντιλαμβάνονται τα καλά πράγματα που παρουσιάζονται στη ζωή τους κάθε φορά που ο ήλιος διασχίζει τον ουρανό.

«Εγώ εγκατέλειψα τον πατέρα και τη μητέρα μου και το κάστρο της πόλης μου. Κι εκείνοι το πήραν απόφαση κι εγώ το πήρα απόφαση. Θα συνηθίσουν και τα πρόβατα την απουσία μου», σκέφτηκε το αγόρι.

Από εκεί πάνω αγνάντεψε την πόλη. Ο μικροπωλητής συνέχιζε να πουλάει το ποπ κορν του. Ένα νεαρό ζευγάρι κάθισε στο ίδιο παγκάκι όπου είχε κουβεντιάσει με το γέρο και φιλήθηκε με πάθος.

«Ο μικροπωλητής ποπ κορν», είπε στον εαυτό του, χωρίς να ολοκληρώσει την πρόταση. Γιατί ο λεβάντες είχε αρχίσει να φυσά πιο δυνατά κι εκείνος αφέθηκε στον αέρα που του χάιδευε το πρόσωπο. Έφερνε τους Μαυριτανούς, αυτό ήταν αλήθεια, έφερνε όμως και τη μυρωδιά της ερήμου και των γυναικών που κάλυπταν τα πρόσωπά τους με πέπλα. Έφερνε τον ιδρώτα και τα όνειρα των ανθρώπων που κάποια μέρα είχαν αναχωρήσει σε αναζήτηση του αγνώστου, του χρυσαφιού, των περιπετειών και των πυραμίδων. Το αγόρι άρχισε να ζηλεύει την ελευθερία του ανέμου και κατάλαβε ότι θα μπορούσε να γίνει σαν κι αυτόν. Τίποτε δεν τον εμπόδιζε, εκτός από τον εαυτό του.

Τα πρόβατα, η κόρη του εμπόρου, οι κάμποι της Ανδαλουσίας δεν ήταν παρά στάδια του Προσωπικού Μύθου του.

Την επομένη, το αγόρι συνάντησε το γέρο κατά το μεσημέρι. Είχε φέρει έξι πρόβατα μαζί του.

– Ξαφνιάστηκα, είπε. Ο φίλος μου αγόρασε αμέσως τα πρόβατα. Είπε ότι σ' όλη του τη ζωή ονειρευόταν να γίνει βοσκός κι αυτό ήταν καλό σημάδι.

– Πάντα έτσι συμβαίνει, είπε ο γέρος. Το λέμε Ευνοϊκή Αρχή. Αν παίξεις χαρτιά για πρώτη φορά, θα κερδίσεις σίγουρα. Τύχη του πρωτάρη.

– Και γιατί;

– Γιατί η ζωή θέλει να ζήσεις τον Προσωπικό Μύθο σου.

Στη συνέχεια άρχισε να εξετάζει τα πρόβατα και

διαπίστωσε ότι το ένα κούτσαινε. Το αγόρι τού εξήγησε ότι αυτό ήταν ασήμαντο, γιατί ήταν το πιο έξυπνο και έδινε αρκετό μαλλί.

– Πού είναι ο θησαυρός; ρώτησε.

– Ο θησαυρός βρίσκεται στην Αίγυπτο, κοντά στις πυραμίδες.

Το αγόρι τρόμαξε. Η γριά τού είχε πει το ίδιο, δεν είχε όμως πληρωθεί.

– Για να τον ανακαλύψεις, πρέπει ν' ακολουθήσεις τα σημάδια. Ο Θεός έγραψε στον κόσμο την πορεία που πρέπει να ακολουθήσει ο καθένας. Αρκεί να διαβάσεις τι έγραψε για σένα.

Πριν προλάβει το αγόρι να πει κάτι, μια πεταλούδα άρχισε να πετά ανάμεσα σ' εκείνο και στο γέρο. Θυμήθηκε τον παππού του· όταν ήταν μικρό παιδί, ο παππούς του είχε πει ότι οι πεταλούδες ήταν γούρι. Σαν τους γρύλους, τις πράσινες ακρίδες, τις μικρές γκρίζες σαύρες και τα τετράφυλλα τριφύλλια.

– Ακριβώς, είπε ο γέρος, που μπορούσε να διαβάσει τις σκέψεις του. Ακριβώς όπως σου τα έμαθε ο παππούς σου. Αυτά είναι τα σημάδια.

Στη συνέχεια, ο γέρος άνοιξε το μανδύα που του σκέπαζε το στήθος. Το αγόρι ξαφνιάστηκε με αυτά που είδε και θυμήθηκε τη λάμψη που είχε δει την προηγούμενη μέρα. Ο γέρος φορούσε ένα μεγάλο κόσμημα από ατόφιο χρυσάφι, διακοσμημένο με πολύτιμους λίθους.

Ήταν στ' αλήθεια βασιλιάς. Μάλλον ήταν έτσι μεταμφιεσμένος για ν' αποφεύγει τους ληστές.

– Πάρε, είπε ο γέρος βγάζοντας ένα λευκό κι ένα μαύρο λίθο που κρέμονταν στη μέση του χρυσαφένιου κοσμήματος. Τους λένε Ουρίμ και Τουμίμ. Ο μαύρος θα πει «ναι», ο λευκός θα πει «όχι». Όταν δε θα μπορείς να διακρίνεις τα σημάδια, τότε θα σου είναι χρήσιμοι. Να τους κάνεις πάντα μια συγκεκριμένη ερώτηση.

»Γενικά, όμως, να προσπαθήσεις ν' αποφασίζεις μόνος σου. Ο θησαυρός βρίσκεται στις πυραμίδες, αυτό ήδη το ήξερες· έπρεπε όμως να πληρώσεις έξι πρόβατα, γιατί εγώ σε βοήθησα να πάρεις μια απόφαση.

Το αγόρι έβαλε τους λίθους μέσα στο δισάκι του. Στο εξής, θα έπαιρνε τις αποφάσεις μόνος του.

– Μην ξεχάσεις ότι τα πάντα είναι ένα και μοναδικό πράγμα. Μην ξεχάσεις τη γλώσσα των σημαδιών. Και, προπαντός, μην ξεχάσεις να ακολουθήσεις μέχρι το τέλος τον Προσωπικό Μύθο σου.

»Πριν, όμως, θα ήθελα να σου διηγηθώ μια μικρή ιστορία.

»Κάποιος έμπορος έστειλε το γιο του να μάθει το μυστικό της ευτυχίας με το σοφότερο των ανθρώπων. Το αγόρι βάδιζε σαράντα μέρες στην έρημο, ώσπου τελικά έφτασε σ' ένα ωραίο κάστρο, στην κορυφή ενός βουνού. Εκεί κατοικούσε ο σοφός που το αγόρι αναζητούσε.

»Αντί όμως να συναντήσει έναν άγιο άνθρωπο, ο ήρωάς μας μπήκε σε μια αίθουσα γεμάτη κίνηση· έμποροι μπαινόβγαιναν, άνθρωποι συζητούσαν στις γωνίες, μια μικρή ορχήστρα έπαιζε απαλές μελωδίες και υπήρχε ένα πλούσιο τραπέζι στρωμένο με τα πιο νόστιμα φαγητά εκείνης της περιοχής του κόσμου. Ο σοφός συζητούσε με όλους και το αγόρι έπρεπε να περιμένει δυο ώρες ώσπου να φτάσει η σειρά του να τον δεχτεί.

»Ο σοφός άκουσε προσεχτικά το λόγο της επίσκεψης του αγοριού, του απάντησε όμως ότι εκείνη τη στιγμή δεν είχε καιρό να του εξηγήσει το μυστικό της ευτυχίας. Πρότεινε στο αγόρι να κάνει μια βόλτα μέσα στο παλάτι του και να ξαναγυρίσει σε δυο ώρες.

»"Στο μεταξύ, θέλω να σου ζητήσω μια χάρη", είπε ο σοφός τελειώνοντας κι έδωσε στο αγόρι ένα μικρό κουτάλι στο οποίο έριξε δυο σταγόνες λάδι. "Καθώς περπατάς, κράτα αυτό το κουτάλι, προσέχοντας να μη χυθεί το λάδι".

»Το αγόρι άρχισε ν' ανεβαίνει και να κατεβαίνει τις

σκάλες του παλατιού, μην αφήνοντας το κουτάλι απ' τα μάτια του. Δυο ώρες αργότερα, παρουσιάστηκε στον σοφό.

»"Λοιπόν", ρώτησε ο σοφός, "κοίταξες καθόλου τα περσικά χαλιά που έχω στην τραπεζαρία μου; Είδες τον κήπο που ο αρχικηπουρός έκανε δέκα ολόκληρα χρόνια να τον φτιάξει; Πρόσεξες τις θαυμάσιες περγαμηνές της βιβλιοθήκης μου;"

»Το αγόρι ντράπηκε και παραδέχτηκε ότι δεν είχε δει τίποτε απ' όλα αυτά. Η μόνη του φροντίδα ήταν να μη χυθούν οι σταγόνες του λαδιού που ο σοφός τού είχε εμπιστευτεί.

»"Πήγαινε πίσω, λοιπόν, για να γνωρίσεις τα θαύματα του κόσμου μου", είπε ο σοφός. "Δεν μπορείς να εμπιστεύεσαι έναν άνθρωπο, αν δε γνωρίζεις το σπίτι του".

»Το αγόρι, πιο ήρεμο τώρα πια, έπιασε το κουτάλι και ξεκίνησε πάλι για το γύρο του παλατιού, προσέχοντας αυτή τη φορά όλα τα έργα τέχνης που κρέμονταν απ' το ταβάνι και τους τοίχους. Θαύμασε τους κήπους, τα τριγύρω βουνά, τα ευαίσθητα λουλούδια, πρόσεξε με τι γούστο κάθε έργο τέχνης ήταν τοποθετημένο στη σωστή θέση. Γυρίζοντας στον σοφό τού διηγήθηκε λεπτομερειακά όσα είχε δει.

»"Πού είναι όμως οι σταγόνες λαδιού που σου είχα εμπιστευτεί;" ρώτησε ο σοφός.

»Κοιτάζοντας το κουτάλι, το αγόρι κατάλαβε ότι είχαν χυθεί.

»"Να, λοιπόν, η συμβουλή που έχω να σου δώσω", είπε ο σοφότερος των σοφών. "Το μυστικό της ευτυχίας βρίσκεται στο να κοιτάζεις τα θαύματα του κόσμου, χωρίς να ξεχάσεις ποτέ τις δυο σταγόνες λαδιού στο κουτάλι"».

Το αγόρι έμεινε σιωπηλό. Είχε καταλάβει την ιστορία του γέρου βασιλιά. Ένας βοσκός αγαπά τα ταξίδια, ποτέ όμως δεν ξεχνά τα πρόβατά του.

Ο γέρος κοίταζε το αγόρι και με τις δυο παλάμες έκανε μερικές παράξενες χειρονομίες πάνω από το κεφάλι του.

Μετά τράβηξε το δρόμο του μαζί με τα πρόβατα.

Ψηλα, στη μικρή πόλη της Ταρίφας, υψώνεται ένα παλιό κάστρο, χτισμένο από τους Μαυριτανούς, και όποιος κάθεται στα τείχη του μπορεί να διακρίνει μια πλατεία, ένα μικροπωλητή ποπ κορν κι ένα κομμάτι της Αφρικής. Ο Μελχισεδέκ, ο βασιλιάς της Σαλίμ, κάθισε εκείνο το απόγευμα στο τείχος του κάστρου και αφέθηκε να νιώσει το λεβάντε στο πρόσωπο. Δίπλα του τα πρόβατα σπαρταρούσαν από φόβο για το καινούριο αφεντικό και ήταν αναστατωμένα με όλες αυτές τις αλλαγές. Το μόνο που ήθελαν ήταν τροφή και νερό.

Ο Μελχισεδέκ παρακολουθούσε το μικρό καράβι που απομακρυνόταν απ' το λιμάνι. Δε θα ξανάβλεπε το αγόρι ποτέ πια, όπως δεν ξαναείδε ποτέ πια τον Αβραάμ, από τότε που εκείνος του έδωσε, επίσης, το ένα δέκατο του κοπαδιού του.

Οι θεοί δεν πρέπει να έχουν επιθυμίες, γιατί οι θεοί δεν έχουν Προσωπικό Μύθο. Αλλά ο βασιλιάς της Σαλίμ ευχήθηκε να πετύχει το αγόρι.

«Κρίμα που θα ξεχάσει γρήγορα το όνομά μου»,

σκέφτηκε. «Έπρεπε να του το είχα επαναλάβει περισσότερο από μια φορά. Ώστε μιλώντας για μένα, να έλεγε ότι είμαι ο Μελχισεδέκ, ο βασιλιάς της Σαλίμ».

Κοίταξε τον ουρανό έχοντας μετανιώσει γι' αυτό που σκέφτηκε: «Ξέρω τι θα πει ματαιότης ματαιοτήτων, όπως Εσύ είπες, Κύριε. Μερικές φορές όμως και ένας γέρος βασιλιάς αισθάνεται την ανάγκη να υπερηφανεύεται».

«Τι παράξενη που είναι η Αφρική», συλλογίστηκε το αγόρι. Καθόταν σ' ένα είδος καπηλειού, παρόμοιου με άλλα καπηλειά που είχε συναντήσει στα στενά σοκάκια της πόλης. Μερικοί άνθρωποι κάπνιζαν από μια τεράστια πίπα, που την περνούσαν από στόμα σε στόμα. Μέσα σε λίγες ώρες είχε δει άντρες πιασμένους χέρι χέρι, γυναίκες με καλυμμένο το πρόσωπό τους και ιερείς που ανέβαιναν σε ψηλούς πύργους κι άρχιζαν την ψαλμωδία – ενώ όλοι τριγύρω γονάτιζαν και ακουμπούσαν τα κεφάλια τους στη γη.

«Συνήθειες απίστων», είπε το αγόρι στον εαυτό του. Όταν ήταν μικρό παιδί, έβλεπε πάντα στην εκκλησία του χωριού ένα άγαλμα του αγίου Ιακώβου Ματαμόουρος, καβάλα στο άσπρο του άλογο, με γυμνό σπαθί, να ποδοπατά ανθρώπους όπως αυτοί. Το αγόρι αισθανόταν άσχημα, ένιωθε τρομερά μόνο. Οι άπιστοι είχαν απειλητικό ύφος.

Εξάλλου, με τη βιασύνη του να ταξιδέψει, είχε ξεχάσει μια λεπτομέρεια, μια μοναδική λεπτομέρεια, που θα μπορούσε να τον κρατήσει για πολύ καιρό μακριά απ' το θησαυρό: σ' εκείνη τη χώρα όλοι μιλούσαν αραβικά.

Ο ιδιοκτήτης του καπηλειού πλήσιασε και το αγόρι τού έδειξε το ποτό που είχαν παραγγείλει σ' ένα διπλανό τραπέζι. Ήταν πικρό τσάι. Το αγόρι θα προτιμούσε να πιει κρασί.

Δεν ήταν όμως η στιγμή για τέτοιου είδους έγνοιες. Έπρεπε να νοιαστεί μόνο για το θησαυρό και για το πώς να τον αποκτήσει. Η πώληση των προβάτων τού είχε αποφέρει ένα σημαντικό ποσό και το αγόρι ήξερε ότι τα χρήματα είναι μαγικά: αν τα έχεις, ποτέ δεν αισθάνεσαι μοναξιά. Σε λίγο, ίσως σε μερικές μέρες, θα βρισκόταν κοντά στις πυραμίδες. Ένας γέρος με τόσο χρυσάφι στο στήθος δεν είχε ανάγκη να πει ψέματα για να κερδίσει έξι πρόβατα.

Ο γέρος τού είχε μιλήσει για σημάδια. Αυτά σκεφτόταν, όταν το καράβι διέσχιζε τη θάλασσα. Ναι, ήξερε τι εννοούσε: όλα αυτά τα χρόνια που είχε ζήσει στους κάμπους της Ανδαλουσίας, είχε συνηθίσει να ερμηνεύει στη γη και στον ουρανό τα γνωρίσματα του δρόμου που θα τραβούσε. Είχε μάθει ότι ένα ορισμένο πουλί σήμαινε ότι εκεί κοντά βρισκόταν ένα φίδι, ότι ένας ορισμένος θάμνος σήμαινε ότι υπήρχε νερό σε λίγα χιλιόμετρα απόστασης. Τα πρόβατα του είχαν μάθει όλα αυτά τα σημάδια.

«Αν ο Θεός οδηγεί τόσο καλά τα πρόβατα, θα οδηγήσει και έναν άνθρωπο», συλλογίστηκε και ηρέμησε κάπως. Το τσάι δεν του φάνηκε και τόσο πικρό.

– Ποιος είσαι; άκουσε μια φωνή στα ισπανικά.

Το αγόρι ανακουφίστηκε αφάνταστα. Σκεφτόταν τα σημάδια και να που εμφανιζόταν κάποιος.

– Πώς και μιλάς ισπανικά; ρώτησε.

Ο νεοφερμένος ήταν ένα αγόρι ντυμένο με ευρωπαϊκά ρούχα, αλλά, από το χρώμα του δέρματός του, κατάλαβε ότι θα πρέπει να ήταν από την πόλη. Είχε περίπου το ύψος και την ηλικία του.

– Εδώ σχεδόν όλοι μιλάνε ισπανικά. Απέχουμε μόνο δυο ώρες από την Ισπανία.

– Κάθισε και παράγγειλε κάτι, κερνάω εγώ, είπε το αγόρι. Και παράγγειλε ένα κρασί για μένα. Αυτό το τσάι είναι απαίσιο.

– Δεν υπάρχει κρασί στη χώρα, είπε ο νεοφερμένος. Το απαγορεύει η θρησκεία μας.

Τότε το αγόρι τού είπε ότι έπρεπε να πάει στις πυραμίδες. Παραλίγο να του μιλήσει για το θησαυρό, αλλά προτίμησε να σωπάσει, μην τυχόν και απαιτούσε και ο Άραβας μερίδιο για να τον οδηγήσει μέχρι εκεί. Θυμήθηκε τι του είχε πει ο γέρος σχετικά με τις υποσχέσεις.

– Θα ήθελα να με οδηγήσεις μέχρι εκεί, αν μπορείς, Είμαι σε θέση να σε πληρώσω σαν οδηγό. Ξέρεις με ποιο τρόπο μπορούμε να πάμε μέχρι εκεί;

Το αγόρι πρόσεξε ότι ο ιδιοκτήτης του καπηλειού ήταν κοντά και παρακολουθούσε προσεχτικά τη συζήτηση. Η παρουσία του ήταν ενοχλητική. Είχε όμως βρει οδηγό και δε θα έχανε μια τέτοια ευκαιρία.

– Πρέπει να διασχίσεις όλη την έρημο της Σαχάρας, είπε ο νεοφερμένος. Κι αυτό προϋποθέτει λεφτά. Θέλω να μάθω αν έχεις αρκετά λεφτά.

Το αγόρι παραξενεύτηκε με την ερώτηση. Εμπιστευόταν όμως το γέρο και ο γέρος τού είχε πει κάτι: ότι όταν κανείς θέλει πάρα πολύ κάτι, το σύμπαν συνωμοτεί για χάρη του.

Έβγαλε τα λεφτά απ' την τσέπη και τα έδειξε στον νεοφερμένο. Ο ιδιοκτήτης του καπηλειού πλησίασε και κοίταξε κι εκείνος. Οι δυο τους αντάλλαξαν μερικά λόγια στα αραβικά. Ο ιδιοκτήτης του καπηλειού έδειχνε θυμωμένος.

– Πάμε να φύγουμε, είπε ο νεοφερμένος. Αυτός δε μας θέλει άλλο εδώ.

Το αγόρι ανακουφίστηκε. Σηκώθηκε για να πληρώσει το λογαριασμό, αλλά ο ιδιοκτήτης τον άρπαξε κι άρχισε να μιλά ασταμάτητα. Το αγόρι ήταν γεροδεμένο, βρισκόταν όμως σε ξένη χώρα. Ο καινούριος του φίλος παραμέρισε τον ιδιοκτήτη και τράβηξε το αγόρι έξω.

– Ήθελε να σου πάρει τα λεφτά, είπε. Η Ταγγέρη δε μοιάζει με την υπόλοιπη Αφρική. Βρισκόμαστε σε λιμάνι και στα λιμάνια αφθονούν πάντα οι κλέφτες.

Μπορούσε να εμπιστευτεί τον καινούριο του φίλο. Του είχε συμπαρασταθεί σε μια κρίσιμη στιγμή. Έβγαλε τα λεφτά απ' την τσέπη του και τα μέτρησε.

– Αύριο μπορούμε να φτάσουμε στις πυραμίδες, είπε ο άλλος παίρνοντας τα λεφτά. Πρέπει όμως ν' αγοράσω δυο καμήλες.

Βγήκαν και βάδισαν στους στενούς δρόμους της Ταγγέρης. Παντού υπήρχαν πάγκοι με εμπορεύματα. Βρέθηκαν τελικά στο κέντρο μιας μεγάλης πλατείας, όπου ήταν η αγορά. Χιλιάδες άνθρωποι συζητούσαν, πουλούσαν, αγόραζαν. Τα λαχανικά ανακατεύονταν με σπαθιά, με χαλιά και με όλων των ειδών τις πίπες. Το αγόρι όμως δεν άφηνε τον καινούριο του φίλο από τα μάτια του. Στο κάτω κάτω, κρατούσε όλα του τα λεφτά. Σκέφτηκε να του ζητήσει να του τα επιστρέψει, αλλά το θεώρησε αγένεια. Δε γνώριζε τα ήθη και τα έθιμα αυτής της ξένης χώρας.

«Φτάνει να τον παρακολουθήσω», είπε στον εαυτό του. Ήταν πιο δυνατός απ' τον άλλο.

Ξαφνικά, μέσα σ' όλη εκείνη την οχλαγωγία, ανακάλυψε το πιο ωραίο σπαθί που είχαν δει ποτέ τα μάτια του. Η θήκη ήταν ασημένια και η λαβή μαύρη, διακοσμημένη με λίθους. Το αγόρι υποσχέθηκε στον εαυτό του να αγοράσει εκείνο το σπαθί μόλις θα επέστρεφε από την Αίγυπτο.

– Για ρώτα τον πωλητή πόσο κάνει, είπε στο φίλο του. Κατάλαβε όμως ότι είχε αφαιρεθεί για δυο δευτερόλεπτα, καθώς περιεργαζόταν το σπαθί.

Η καρδιά του σφίχτηκε, λες και το στήθος του στένεψε ξαφνικά. Φοβήθηκε να στρέψει το βλέμμα του, ξέροντας τι θα έβλεπε. Τα μάτια του έμειναν καρφωμένα πάνω στο ωραίο σπαθί λίγα λεπτά ακόμη, ώσπου τελικά το αγόρι πήρε θάρρος και γύρισε.

Γύρω του ήταν η αγορά, οι άνθρωποι που πηγαινοέρχονταν φωνάζοντας και αγοράζοντας, χαλιά ανακατωμένα με φουντούκια, μαρούλια δίπλα σε χάλκινους δίσκους, άντρες πιασμένοι χέρι χέρι, γυναίκες με πέπλα, η μυρωδιά των παράξενων φαγητών και πουθενά όμως, μα πουθενά, δεν είδε το πρόσωπο του συντρόφου του.

Το αγόρι προσπάθησε για μια στιγμή να πιστέψει ότι είχαν χαθεί τυχαία. Αποφάσισε να μείνει εκεί όπου ήταν, περιμένοντας τον άλλο να γυρίσει. Σε λίγο, ένας άνθρωπος ανέβηκε σ' έναν απ' τους πύργους κι άρχισε να ψάλλει. Όλοι γονάτισαν ακουμπώντας το κεφάλι στο χώμα και άρχισαν να ψάλλουν με τη σειρά τους. Στη συνέχεια, σαν ομάδα πειθαρχημένων μυρμηγκιών, μάζεψαν τους πάγκους τους κι έφυγαν.

Ο ήλιος είχε αρχίσει να δύει. Το αγόρι τον κοίταξε πολλή ώρα, μέχρι να κρυφτεί πίσω από τα άσπρα σπίτια που περιστοίχιζαν την πλατεία. Θυμήθηκε ότι το πρωί, με την ανατολή του ίδιου ήλιου, αυτός βρισκόταν σε μια άλλη ήπειρο, ήταν βοσκός, είχε εξήντα πρόβατα και είχε προγραμματίσει να συναντήσει μια κοπέλα. Όταν τριγύριζε στους κάμπους, ήξερε απ' το πρωί τι θα του συνέβαινε.

Τώρα όμως που ο ήλιος κρυβόταν, αυτός βρισκόταν σε μια άλλη χώρα, ξένος σε ξένα εδάφη, όπου ούτε τη γλώσσα που μιλούσαν δεν μπορούσε να καταλάβει. Δεν ήταν πια βοσκός και δεν είχε πια τίποτε στη ζωή του, ούτε καν λεφτά για να γυρίσει πίσω και να κάνει ένα καινούριο ξεκίνημα.

«Κι όλα αυτά μεταξύ ανατολής και δύσης του ίδιου ήλιου», σκέφτηκε το αγόρι. Λυπήθηκε τον ίδιο τον εαυτό του, γιατί καμιά φορά στη ζωή τα πράγματα αλλάζουν όσο να πεις κύμινο, προτού οι άνθρωποι εξοικειωθούν μαζί τους.

Ντρεπόταν να κλάψει. Ποτέ δεν είχε κλάψει μπροστά στα πρόβατά του! Κι όμως, η αγορά είχε αδειάσει κι αυτός βρισκόταν μακριά απ' την πατρίδα.

Το αγόρι έκλαψε. Έκλαψε γιατί ο Θεός ήταν άδικος και αντάμειβε με αυτό τον τρόπο εκείνους που πίστευαν στα όνειρά τους.

«Όταν ήμουν μαζί με τα πρόβατά μου, αισθανόμουν ευτυχής και ακτινοβολούσα την ευτυχία γύρω μου. Οι άνθρωποι μ' έβλεπαν που ερχόμουν και με καλωσόριζαν...

»Τώρα όμως είμαι στενοχωρημένος και δυστυχισμένος. Τι να κάνω; Δε θα έχω πια εμπιστοσύνη στους ανθρώπους, γιατί κάποιος με πρόδωσε. Θα μισώ όσους βρήκαν κρυμμένους θησαυρούς, μόνο και μόνο επειδή εγώ δε βρήκα τον δικό μου. Και θα προσπαθώ να διατηρώ τα λίγα που έχω, γιατί παραείμαι μικρός για ν' αγκαλιάσω τον κόσμο».

Άνοιξε το δισάκι του για να δει τι είχε μέσα· μήπως είχε περισσέψει τίποτε από το κολατσιό που είχε φάει στο καράβι. Βρήκε μόνο το χοντρό βιβλίο, την κάπα και τους δύο πολύτιμους λίθους που του είχε χαρίσει ο γέρος.

Βλέποντας τους λίθους, αισθάνθηκε απέραντη ανακούφιση. Είχε ανταλλάξει έξι πρόβατα με δυο πολύτιμους λίθους, βγαλμένους από το χρυσαφένιο κόσμημα. Θα μπορούσε να τους πουλήσει και ν' αγοράσει το εισιτήριο της επιστροφής. «Τώρα θα φερθώ πιο έξυπνα», σκέφτηκε το αγόρι, βγάζοντας τους λίθους από το δισάκι για να τους κρύψει στην τσέπη. Ήταν λιμάνι εκεί, η μοναδική αλήθεια που του είχε πει εκείνος ο άνθρωπος· ένα λιμάνι είναι πάντα γεμάτο κλέφτες.

Τώρα καταλάβαινε και τη γεμάτη απόγνωση προσπάθεια του ιδιοκτήτη του καπηλειού: ήθελε να τον προειδοποιήσει να μην εμπιστευτεί εκείνο τον άνθρωπο. «Είμαι κι εγώ σαν τους άλλους ανθρώπους: βλέπω τον κόσμο όπως θα ήθελα να είναι και όχι όπως είναι στην πραγματικότητα».

Άρχισε να περιεργάζεται τους λίθους. Άγγιξε προσεχτικά τον καθένα, νιώθοντας τη θερμοκρασία και τη λεία επιφάνειά τους. Ήταν ο θησαυρός του. Και μόνο που τους άγγιξε, αισθάνθηκε πιο ήρεμος. Του θύμισαν το γέρο.

Ο ΑΛΧΗΜΙΣΤΗΣ

«Όταν θέλεις πάρα πολύ κάτι, όλο το σύμπαν συνωμοτεί για να τα καταφέρεις», του είχε πει ο γέρος.

Ήθελε να πιστέψει πως κάτι τέτοιο θα μπορούσε να αληθεύει. Στεκόταν εκεί, στη μέση μιας έρημης αγοράς, χωρίς δεκάρα στην τσέπη και χωρίς πρόβατα για να τα φυλάξει εκείνη τη νύχτα. Οι λίθοι όμως ήταν η απόδειξη ότι είχε συναντήσει ένα βασιλιά που ήξερε την ιστορία του, που γνώριζε για το όπλο του πατέρα του και για την πρώτη του σεξουαλική εμπειρία.

«Οι λίθοι έχουν μαντικές ιδιότητες. Λέγονται Ουρίμ και Τουμίμ». Το αγόρι ξαναέβαλε τους λίθους μέσα στο δισάκι του και αποφάσισε να δοκιμάσει. Ο γέρος τού είχε πει να κάνει συγκεκριμένες ερωτήσεις, γιατί χρησίμευαν μόνο σε όποιον ήξερε τι ήθελε.

Κι έτσι, το αγόρι ρώτησε αν η ευλογία του γέρου εξακολουθούσε να είναι μαζί του.

Έβγαλε τον έναν από τους λίθους. Η απάντηση ήταν «ναι».

– Θα βρω το θησαυρό μου; ρώτησε το αγόρι.

Έχωσε το χέρι στο δισάκι κι εκεί που ετοιμαζόταν να πιάσει το ένα λίθο, του γλίστρησαν και οι δυο από μια τρύπα στο ύφασμα. Το αγόρι δεν είχε προσέξει ποτέ ότι το δισάκι του ήταν τρύπιο. Έσκυψε να πιάσει τον Ουρίμ και τον Τουμίμ, για να τους ξαναβάλει μέσα στο δισάκι. Βλέποντάς τους κάτω, όμως, μια άλλη φράση πέρασε απ' το νου του.

«Να μάθεις να σέβεσαι και να ακολουθείς τα σημάδια», είχε πει επίσης ο γέρος βασιλιάς.

Ένα σημάδι. Το αγόρι γέλασε με τον εαυτό του. Στη συνέχεια μάζεψε τους δυο λίθους από κάτω και τους ξαναέβαλε στο δισάκι. Δε σκόπευε να μπαλώσει την τρύπα· οι λίθοι θα μπορούσαν να ξεγλιστρήσουν από κει όποτε ήθελαν. Είχε καταλάβει ότι υπήρχαν για ορισμένα πράγματα για τα οποία οι άνθρωποι δεν πρέπει να ρωτάνε, για να μην ξεφύγουν από τη μοίρα τους.

«Υποσχέθηκα να αποφασίζω μόνος μου», είπε στον εαυτό του.

Οι λίθοι όμως του είχαν πει ότι ο γέρος εξακολουθούσε να είναι μαζί του κι αυτό τον έκανε ν' αναθαρρήσει. Ξανακοίταξε την έρημη αγορά και δεν αισθάνθηκε την ίδια απελπισία όπως πριν. Δεν επρόκειτο πια για έναν παράξενο κόσμο· ήταν ένας καινούριος κόσμος.

Στο κάτω κάτω, αυτό ακριβώς επιθυμούσε: να γνωρίσει καινούριους κόσμους. Ακόμη κι αν δεν έφτανε ποτέ στις πυραμίδες, ήδη είχε προχωρήσει πιο μακριά απ' οποιονδήποτε άλλο βοσκό. «Αχ, να ήξεραν ότι σε απόσταση μόνο δύο ωρών με καράβι υπάρχουν τόσο πολλά διαφορετικά πράγματα».

Ο καινούριος κόσμος εμφανιζόταν μπροστά με τη μορφή μιας έρημης αγοράς κι όμως, την ίδια αυτή αγορά την είχε ζήσει γεμάτη ζωή, κάτι που δε θα ξεχνούσε ποτέ. Θυμήθηκε το σπαθί· πλήρωσε ακριβά το ότι το κοίταξε για λίγο, δεν είχε όμως ξαναδεί κάτι παρόμοιο. Αισθάνθηκε ξαφνικά ότι μπορούσε να αντικρίσει τον κόσμο ή σαν το αξιολύπητο θύμα ενός ληστή ή σαν τον τυχοδιώκτη που ψάχνει ένα θησαυρό.

«Είμαι ένας τυχοδιώκτης που ψάχνει ένα θησαυρό», σκέφτηκε, πριν αποκοιμηθεί εξαντλημένος.

Κάποιος τον σκουντησε για να ξυπνήσει. Είχε αποκοιμηθεί στη μέση της αγοράς και η πλατεία θα ξαναζωντάνευε σε λίγο.

Κοίταξε γύρω του ψάχνοντας για τα πρόβατα και θυμήθηκε ότι βρισκόταν σε άλλο κόσμο. Δε στενοχωρήθηκε όμως· ίσα ίσα, αισθάνθηκε ευτυχισμένος. Δεν ήταν πια αναγκασμένος να ψάξει για νερό και τροφή· ήταν ελεύθερος να αναζητήσει ένα θησαυρό. Δεν είχε δεκάρα στην τσέπη, είχε όμως πίστη στη ζωή. Την προηγούμενη νύχτα είχε κάνει την επιλογή του, να γίνει τυχοδιώκτης, σαν τα πρόσωπα των βιβλίων που διάβαζε.

Άρχισε να τριγυρίζει στην πλατεία με την ησυχία του. Οι έμποροι έστηναν τους πάγκους τους. Βοήθησε ένα ζαχαροπλάστη να στήσει τον δικό του. Στο πρόσωπο εκείνου του ζαχαροπλάστη υπήρχε ένα χαμόγελο διαφορετικό: ήταν χαρούμενος, όλο ζωντάνια, έτοιμος ν' αρχίσει τη δουλειά του. Ένα χαμόγελο που του θύμιζε κάτι από το γέρο, από εκείνο το γέρο και μυστηριώδη βασιλιά που είχε γνωρίσει. «Αυτός ο ζαχαροπλάστης δε φτιάχνει γλυκά επειδή θέλει να ταξιδέψει ή επειδή θέλει να παντρευτεί την κόρη ενός εμπόρου. Αυτός ο ζαχαροπλάστης φτιάχνει γλυκά γιατί του αρέσει το επάγγελμά του», σκέφτηκε το αγόρι και πρόσεξε ότι μπορούσε να κάνει το ίδιο με το γέρο: να διακρίνει αν κάποιος βρίσκεται κοντά ή μακριά από τον Προσωπικό του Μύθο. Φτάνει να τον κοιτάξεις. «Είναι τόσο εύκολο, κι εγώ ποτέ δεν το είχα αντιληφθεί».

Όταν τελείωσαν με το στήσιμο του πάγκου, ο ζαχαροπλάστης τού πρόσφερε το πρώτο γλυκό που είχε φτιάξει. Το αγόρι το έφαγε με όρεξη, τον ευχαρίστησε και τράβηξε το δρόμο του. Όταν πια είχε απομακρυνθεί, θυμήθηκε ότι ο πάγκος είχε στηθεί από άτομα που το ένα μιλούσε αραβικά και το άλλο ισπανικά.

Και είχαν συνεννοηθεί μια χαρά.

«Υπάρχει μια γλώσσα πέρα από τις λέξεις», σκέφτηκε το αγόρι· «το έζησα αυτό με τα πρόβατά μου και το ξαναζώ τώρα με τους ανθρώπους».

Μάθαινε λοιπόν διάφορα καινούρια πράγματα. Πράγματα που είχε ξαναζήσει και όμως ήταν καινούρια, γιατί τα είχε προσπεράσει χωρίς να τον αγγίξουν. Και δεν τον είχαν αγγίξει γιατί του είχαν γίνει συνήθεια. «Αν μάθω να ερμηνεύω αυτή τη χωρίς λέξεις γλώσσα, θα μπορέσω να ερμηνεύσω τον κόσμο».

Ο ΑΛΧΗΜΙΣΤΗΣ

«Τα πάντα είναι ένα και μοναδικό πράγμα», είχε πει ο γέρος.

Αποφάσισε να βαδίσει, χωρίς να βιάζεται, στους στενούς δρόμους της Ταγγέρης: μόνο έτσι θα μπορούσε να διακρίνει τα σημάδια. Αυτό απαιτούσε πολλή υπομονή, αλλά αυτή είναι η πρώτη αρετή που ένας βοσκός αποκτά. Για άλλη μια φορά συνειδητοποίησε ότι εφάρμοζε σ' εκείνο τον ξένο κόσμο τις ίδιες γνώσεις που είχε αποκτήσει απ' τα πρόβατά του.

«Τα πάντα είναι ένα και μοναδικό πράγμα», είχε πει ο γέρος.

Ο ΕΜΠΟΡΟΣ κρυστάλλων αντίκρισε το ξημέρωμα και αισθάνθηκε την ίδια αγωνία που τον κυρίευε κάθε πρωί. Ήταν εγκατεστημένος σ' εκείνο το μέρος εδώ και τριάντα χρόνια, σ' ένα μαγαζί που βρισκόταν ψηλά σ' έναν ανηφορικό δρόμο, απ' όπου σπάνια περνούσε κάποιος πελάτης. Τώρα ήταν πια αργά για ν' αλλάξει οτιδήποτε: το μόνο που είχε μάθει στη ζωή του ήταν να πουλά κρύσταλλα. Κάποτε πολλοί άνθρωποι γνώριζαν το μαγαζί του: Άραβες έμποροι, Γάλλοι και Άγγλοι γεωλόγοι, Γερμανοί στρατιώτες, πάντα με λεφτά στις τσέπες. Εκείνη την εποχή, το να πουλάς κρύσταλλα ήταν κάτι το σημαντικό κι εκείνος φανταζόταν ότι θα γινόταν πλούσιος και θα είχε ωραίες γυναίκες στα γεράματά του.

Μετά ο χρόνος κύλησε, η πόλη άλλαξε. Η Θέουτα μεγάλωσε πολύ σε σύγκριση με την Ταγγέρη και το εμπόριο πήρε άλλη πορεία. Οι γείτονες μετακόμισαν και μόνο μερικά μαγαζιά παρέμειναν στην ανηφόρα. Κανείς δε θ' ανέβαινε έναν ανηφορικό δρόμο για λίγα μαγαζιά. Ο έμπορος των κρυστάλλων όμως δεν είχε άλλη επιλογή. Είχε ζήσει τριάντα χρόνια αγοράζοντας και πουλώντας κρυστάλλινα αντικείμενα και ήταν πια πολύ αργά για ν' αλλάξει επάγγελμα.

Όλο το πρωί παρακολουθούσε τη λιγοστή κίνηση στο δρόμο. Αυτό κρατούσε εδώ και χρόνια και γνώριζε πια το ωράριο του καθένα.

Λίγα λεπτά πριν από το μεσημέρι, ένα ξένο αγόρι σταμάτησε μπροστά στη βιτρίνα. Ήταν ντυμένο με συνηθισμένα ρούχα, αλλά τα έμπειρα μάτια του εμπόρου κρυστάλλων έβγαλαν το συμπέρασμα ότι δεν είχε λεφτά. Παρ' όλα αυτά, αποφάσισε να μπει μέσα και να περιμένει μέχρι να φύγει το αγόρι.

Στην πόρτα, μια πινακίδα έλεγε ότι εκεί μιλούσαν διάφορες γλώσσες. Το αγόρι είδε έναν άντρα να εμφανίζεται πίσω από τον πάγκο.

– Αν θέλετε, μπορώ να ξεσκονίσω αυτά τα βάζα, είπε το αγόρι. Έτσι που τα έχετε, κανείς δε θα τα αγοράσει.

Ο άντρας τον κοίταξε χωρίς να πει λέξη.

– Σε αντάλλαγμα, με πληρώνετε μ' ένα πιάτο φαγητό.

Ο άντρας παρέμεινε σιωπηλός και το αγόρι αισθάνθηκε ότι έπρεπε να πάρει μια απόφαση. Είχε την κάπα του μέσα στο δισάκι. Δε θα τη χρειαζόταν στην έρημο. Έβγαλε την κάπα και βάλθηκε να ξεσκονίζει τα βάζα. Σε μισή ώρα τα είχε ξεσκονίσει όλα. Σ' αυτό το διάστημα μπήκαν δυο πελάτες και αγόρασαν πολλά κρυστάλλινα αντικείμενα.

Αφού τα ξεσκόνισε όλα, ζήτησε από τον έμπορο ένα πιάτο φαγητό.

– Πάμε να φάμε, είπε ο έμπορος κρυστάλλων.

Κρέμασε μια πινακίδα στην πόρτα και κατευθύνθηκαν προς ένα μικροσκοπικό καπηλειό, ψηλά στην ανηφόρα. Μόλις κάθισαν στο μοναδικό τραπέζι, ο έμπορος κρυστάλλων χαμογέλασε.

– Δεν ήταν ανάγκη να καθαρίσεις τίποτε, είπε. Ο νόμος του Κορανίου μάς υποχρεώνει να ταΐζουμε τους πεινασμένους.

– Τότε γιατί με άφησες να το κάνω; ρώτησε το αγόρι.

– Γιατί τα κρύσταλλα ήταν βρόμικα. Και τόσο εγώ όσο κι εσύ είχαμε ανάγκη να καθαρίσουμε τα κεφάλια μας από τις κακές σκέψεις.

Όταν τέλειωσαν το γεύμα, ο έμπορος στράφηκε προς το αγόρι:

– Θα ήθελα να δουλέψεις στο μαγαζί μου. Σήμερα

μπήκαν δυο πελάτες ενώ ξεσκόνιζες τα βάζα κι αυτό είναι καλό σημάδι.

«Όλος ο κόσμος μιλά για σημάδια», σκέφτηκε ο βοσκός. «Δεν έχει όμως ιδέα τι λέει. Έτσι κι εγώ δεν είχα καταλάβει επίσης ότι τόσα χρόνια μιλούσα με τα πρόβατά μου μια γλώσσα χωρίς λέξεις».

– Θέλεις να δουλέψεις για μένα; επέμεινε ο έμπορος.

– Μπορώ να δουλέψω το υπόλοιπο της μέρας, απάντησε το αγόρι. Θα καθαρίσω μέχρι τις πρωινές ώρες όλα τα κρύσταλλα του μαγαζιού. Σαν αντάλλαγμα χρειάζομαι λεφτά για να βρεθώ αύριο στην Αίγυπτο.

Ο γέρος γέλασε ξανά.

– Ακόμη κι αν καθάριζες τα κρύσταλλά μου έναν ολόκληρο χρόνο, ακόμη κι αν κέρδιζες ένα καλό ποσοστό από την πώληση του καθενός από αυτά, θα αναγκαζόσουν να δανειστείς για να πας στην Αίγυπτο. Μεταξύ της Ταγγέρης και των πυραμίδων υπάρχουν χιλιάδες χιλιόμετρα ερήμου.

Για μια στιγμή, έπεσε βαριά σιωπή, λες και η πόλη είχε αποκοιμηθεί.

Δεν υπήρχαν πια τα παζάρια, οι καβγάδες των πωλητών, οι άντρες που ανέβαιναν στους μιναρέδες και προσεύχονταν, τα ωραία σπαθιά με λαβές διακοσμη-

Ο ΑΛΧΗΜΙΣΤΗΣ

μένες με λίθους. Δεν υπήρχαν πια η ελπίδα και η περιπέτεια ούτε γέροι βασιλιάδες και Προσωπικοί Μύθοι ούτε θησαυροί και πυραμίδες. Σαν να είχε σταματήσει ο κόσμος, γιατί η ψυχή του αγοριού είχε βυθιστεί στη σιωπή. Ούτε πόνος υπήρχε ούτε λύπη ούτε απογοήτευση: μόνο ένα κενό βλέμμα που έβλεπε προς τη μικρή πόρτα του καπηλειού και μια ακατανίκητη επιθυμία να πεθάνει, να τελειώσουν όλα εκείνη τη στιγμή.

Ο έμπορος κοίταξε το αγόρι έκπληκτος. Σαν να είχε εξαφανιστεί ξαφνικά όλη η χαρά που είχε νιώσει εκείνο το πρωί.

– Μπορώ να σου δώσω λεφτά για να γυρίσεις πίσω στη χώρα σου, παιδί μου, είπε ο έμπορος κρυστάλλων.

Το αγόρι παρέμεινε σιωπηλό. Μετά σηκώθηκε, έφτιαξε τα ρούχα του και έπιασε το δισάκι του.

– Θα δουλέψω μαζί σας, είπε.

Και ύστερα από άλλη μακριά σιωπή, πρόσθεσε:

– Χρειάζομαι λεφτά για ν' αγοράσω μερικά πρόβατα.

ΜΕΡΟΣ ΔΕΥΤΕΡΟ

Είχε περάσει σχεδόν ένας μήνας που το αγόρι δούλευε στον έμπορο κρυστάλλων. Δεν ήταν ακριβώς το είδος της δουλειάς που θα τον έκανε ευτυχισμένο. Ο έμπορος περνούσε όλη τη μέρα γκρινιάζοντας πίσω απ' τον πάγκο και συμβουλεύοντάς τον να προσέχει τα αντικείμενα, για να μη σπάσει τίποτε.

Έμενε όμως στη δουλειά, γιατί ο έμπορος, παρόλο που ήταν γέρος και γκρινιάρης, δεν ήταν άδικος: για το κάθε αντικείμενο που πουλούσε, το αγόρι έπαιρνε ένα ποσοστό κι έτσι ήδη είχε καταφέρει να μαζέψει μερικά λεφτά. Εκείνο το πρωί είχε κάνει μερικούς υπολογισμούς: αν συνέχιζε να δουλεύει όπως δούλευε κάθε μέρα, θα χρειαζόταν έναν ολόκληρο χρόνο για ν' αγοράσει μερικά πρόβατα.

— Θα ήθελα να φτιάξω μια βιτρίνα για τα κρύσταλλα, είπε το αγόρι στον έμπορο. Αν τη στήσουμε απέξω, θα τραβήξει τους περαστικούς μέχρι εδώ πάνω.

— Δεν έχω ξαναφτιάξει βιτρίνα, απάντησε ο έμπορος. Οι περαστικοί θα σκοντάφτουν πάνω της και τα κρύσταλλα θα σπάνε.

– Όταν τριγυρνούσα στους κάμπους, τα φίδια ήταν για τα πρόβατα ένας θανάσιμος κίνδυνος. Αυτό όμως είναι αναπόσπαστο μέρος της ζωής των προβάτων και των βοσκών.

Ο έμπορος εξυπηρέτησε έναν πελάτη που ήθελε ν' αγοράσει τρία κρυστάλλινα βάζα. Οι πωλήσεις ήταν καλύτερες από ποτέ, σαν να είχε γυρίσει ο κόσμος στην εποχή που αυτός ο δρόμος ήταν ένα από τα πιο σημαντικά σημεία της Ταγγέρης.

– Η κίνηση αυξήθηκε σημαντικά, είπε στο αγόρι μόλις έφυγε ο πελάτης. Τα λεφτά θα βελτιώσουν τη ζωή μου και σε μικρό χρονικό διάστημα θα πάρεις πίσω τα πρόβατά σου. Γιατί να έχεις άλλες απαιτήσεις απ' τη ζωή;

– Γιατί πρέπει να ακολουθήσουμε τα σημάδια, είπε το αγόρι άθελά του κι αμέσως το μετάνιωσε, γιατί ο έμπορος δεν είχε συναντήσει ένα βασιλιά ποτέ του.

«Λέγεται Ευνοϊκή Αρχή, τύχη του πρωτάρη. Γιατί η ζωή θέλει να ζήσεις τον Προσωπικό Μύθο σου», είχε πει ο γέρος.

Ο έμπορος, στο μεταξύ, καταλάβαινε τι εννοούσε το αγόρι. Και μόνο η παρουσία του στο μαγαζί ήταν ένα σημάδι και καθώς, με το πέρασμα των ημερών, τα κέρδη του αυξάνονταν, δεν είχε μετανιώσει καθόλου που είχε προσλάβει το νεαρό Ισπανό, παρόλο που το αγόρι κέρδιζε πιο πολύ απ' ό,τι έπρεπε· επειδή δεν είχε προβλέψει ότι οι πωλήσεις θα αυξάνονταν, του είχε προσφέρει ένα ψηλό ποσοστό· το ένστικτό του του έλεγε ότι σύντομα το αγόρι θα γύριζε στα πρόβατά του.

— Για ποιο λόγο ήθελες να γνωρίσεις τις πυραμίδες; ρώτησε, για να τον αποσπάσει απ' το θέμα της βιτρίνας.

— Γιατί πάντα μου έλεγαν γι' αυτές, είπε το αγόρι, αποφεύγοντας ν' αναφέρει το όνειρό του. Ο θησαυρός αποτελούσε τώρα μια μόνιμα οδυνηρή ανάμνηση και το αγόρι απέφευγε τη σκέψη του.

— Εγώ εδώ πέρα δεν γνωρίζω κανέναν που να θέλει να διασχίσει την έρημο μόνο και μόνο για να δει τις πυραμίδες, είπε ο έμπορος. Ένας σωρός πέτρες, τίποτε παραπάνω. Μπορείς να χτίσεις μια στον κήπο σου.

— Εσείς ποτέ δεν ονειρευτήκατε να ταξιδέψετε, είπε το αγόρι, εξυπηρετώντας άλλο έναν πελάτη που μόλις είχε μπει.

Δυο μέρες αργότερα, ο γέρος πλησίασε το αγόρι για να μιλήσουν για τη βιτρίνα.

— Δε μου αρέσουν οι αλλαγές. Δεν είμαστε ούτε εγώ

ούτε εσύ σαν τον Χασάν, τον πλούσιο έμπορο. Αν κάνει λάθος σε καμιά αγοραπωλησία, δεν τον πολυνοιάζει. Εμείς οι δυο όμως πρέπει να ζούμε πάντα με το βάρος των λαθών μας.

«Είναι αλήθεια αυτό», σκέφτηκε το αγόρι.

– Τι τη θέλεις τη βιτρίνα; είπε ο έμπορος.

– Θέλω να επιστρέψω όσο πιο γρήγορα γίνεται στα πρόβατά μου. Πρέπει να επωφελούμαστε από την τύχη όταν την έχουμε με το μέρος μας και να κάνουμε το παν για να τη βοηθήσουμε, όπως μας βοηθά κι εκείνη. Λέγεται Ευνοϊκή Αρχή. Η «τύχη του πρωτάρη».

Ο γέρος έμεινε σιωπηλός για λίγο. Μετά είπε:

– Ο προφήτης μάς χάρισε το Κοράνιο και μας άφησε μόνο πέντε εντολές που πρέπει να τηρήσουμε στη ζωή μας. Η πιο σημαντική είναι η εξής: ένας είναι ο Θεός. Οι άλλες είναι: η προσευχή, πέντε φορές τη μέρα, η νηστεία κατά το μήνα του Ραμαζανίου και η ελεημοσύνη.

Σώπασε. Τα μάτια του βούρκωσαν όταν μίλησε για τον προφήτη. Ήταν θρησκευόμενος άνθρωπος και, αν και συχνά ήταν ανυπόμονος, προσπαθούσε να ζει σύμφωνα με το μουσουλμανικό νόμο.

– Και ποια είναι η πέμπτη εντολή; ρώτησε το αγόρι.

– Πριν από δυο μέρες μού είπες ότι ποτέ δεν είχα

κάνει όνειρα για ταξίδια, απάντησε ο έμπορος. Η πέμπτη υποχρέωση του κάθε μουσουλμάνου είναι ένα ταξίδι. Πρέπει, τουλάχιστον μια φορά στη ζωή μας, να πάμε στην ιερή πόλη της Μέκκας.

»Η Μέκκα είναι πολύ πιο μακριά κι από τις πυραμίδες. Στα νιάτα μου προτίμησα ν' ανοίξω αυτό το μαγαζί με τα λίγα λεφτά που είχα μαζέψει. Περίμενα να πλουτίσω μια μέρα, για να ταξιδέψω στη Μέκκα. Άρχισα να κερδίζω λεφτά, αλλά δεν μπορούσα να εμπιστευτώ τα κρύσταλλα σε κανέναν, γιατί τα κρύσταλλα είναι εύθραυστα αντικείμενα. Στο μεταξύ, μπροστά από το μαγαζί έβλεπα να περνά πολύς κόσμος με προορισμό τη Μέκκα. Μερικοί προσκυνητές ήταν πλούσιοι και ταξίδευαν μ' ένα σωρό υπηρέτες και καμήλες, οι περισσότεροι όμως ήταν πολύ φτωχότεροι από μένα.

»Όλοι πήγαιναν και γύριζαν ευτυχείς και κρεμούσαν στις εξώπορτες τα σύμβολα του προσκυνήματος. Ένας απ' αυτούς, ένας παπουτσής που κέρδιζε το ψωμί του επιδιορθώνοντας ξένες μπότες, μου είπε ότι είχε βαδίσει στην έρημο σχεδόν ένα χρόνο, αλλά πιο πολύ τον κούραζε το να διασχίζει μερικά τετράγωνα στην Ταγγέρη για ν' αγοράσει δέρμα.

– Γιατί να μην πάτε τώρα στη Μέκκα; ρώτησε το αγόρι.

– Γιατί η Μέκκα με κρατά ζωντανό. Μόνο αυτή με βοηθά και αντέχω όλες αυτές τις πάντα ίδιες μέρες, αυτά τα μουγκά βάζα στα ράφια, το μεσημεριανό και το βραδινό φαγητό σ' εκείνο το απαίσιο εστιατόριο. Φοβάμαι να πραγματοποιήσω το όνειρό μου και να μην έχω μετά ένα λόγο ύπαρξης.

»Εσύ ονειρεύεσαι πρόβατα και πυραμίδες. Είσαι διαφορετικός από μένα, γιατί θέλεις να πραγματοποιήσεις τα όνειρά σου. Εγώ το μόνο που θέλω είναι να ονειρεύομαι τη Μέκκα. Χιλιάδες φορές έχω φανταστεί το πέρασμα της ερήμου, την άφιξή μου στην πλατεία όπου βρίσκεται η ιερή πέτρα, τους εφτά γύρους που πρέπει να κάνω πριν την αγγίξω. Φαντάστηκα κιόλας ποιοι άνθρωποι θα στέκονται δίπλα μου, μπροστά μου και τις συζητήσεις και προσευχές που θα πούμε μαζί. Φοβάμαι όμως μήπως με περιμένει μια μεγάλη απογοήτευση, γι' αυτό προτιμώ να ονειρεύομαι.

Εκείνη τη μέρα, ο έμπορος άφησε το αγόρι να φτιάξει τη βιτρίνα.

Δεν μπορούμε να έχουμε όλοι τα ίδια όνειρα.

Περασαν άλλοι δυο μήνες και η βιτρίνα τράβηξε πολλούς πελάτες στο μαγαζί των κρυστάλλων. Το αγόρι υπολόγισε ότι, αν δούλευε ακόμη έξι μήνες, θα μπορούσε να επιστρέψει στην Ισπανία και ν' αγοράσει όχι μόνο εξήντα πρόβατα αλλά και άλλα εξήντα ακόμη. Σε λιγότερο από ένα χρόνο θα είχε διπλασιάσει το κοπάδι του και θα μπορούσε να κάνει συναλλαγές με Άραβες, γιατί στο μεταξύ είχε μάθει εκείνη την παράξενη γλώσσα. Ύστερα από εκείνο το πρωινό στην αγορά, δεν είχε ξαναχρησιμοποιήσει τον Ουρίμ και τον Τουμίμ, γιατί η Αίγυπτος είχε γίνει γι' αυτόν απλώς ένα όνειρο τόσο μακρινό, όσο ήταν η πόλη της Μέκκας για τον έμπορο. Στο μεταξύ, το αγόρι ήταν τώρα ευχαριστημένο με τη δουλειά του και δεν έβλεπε τη μέρα που θα επέστρεφε στην Ταρίφα σαν νικητής.

«Να φροντίζεις να ξέρεις πάντα τι θέλεις», είχε πει ο γέρος βασιλιάς. Το αγόρι το ήξερε και δούλευε γι' αυτό. Ίσως να ήταν αυτό ο θησαυρός του: να φτάσει σ' εκείνη την παράξενη χώρα, να συναντήσει ένα ληστή και να διπλασιάσει το μέγεθος του κοπαδιού του χωρίς να έχει ξοδέψει ούτε δεκάρα.

Ήταν υπερήφανος για τον εαυτό του. Είχε μάθει σημαντικά πράγματα, όπως το εμπόριο κρυστάλλων, τη γλώσσα χωρίς λέξεις και τα σημάδια. Ένα απόγευμα, εκεί ψηλά στην ανηφόρα, είδε έναν άντρα να διαμαρτύρεται, γιατί του ήταν αδύνατο να βρει ένα μέρος της προκοπής για να πιει κάτι μετά την ανηφόρα. Το αγόρι, που είχε μάθει πια τη γλώσσα των σημαδιών, πήγε να μιλήσει στο αφεντικό του.

– Τι θα λέγατε να πουλούσαμε τσάι σ' εκείνους που παίρνουν την ανηφόρα, είπε.

– Πολλοί πουλάνε τσάι εδώ πέρα, απάντησε ο έμπορος.

– Μπορούμε να σερβίρουμε τσάι σε κρυστάλλινα ποτήρια. Μ' αυτό τον τρόπο θα τους αρέσει το τσάι και θα θέλουν ν' αγοράσουν τα κρύσταλλα. Γιατί η ομορφιά είναι αυτό που πιο πολύ γοητεύει τους ανθρώπους.

Ο έμπορος κοίταξε για λίγο το αγόρι. Δεν έδωσε καμιά απάντηση. Εκείνο το απόγευμα, όμως, μετά τις προσευχές του, κι αφού έκλεισε το μαγαζί, κάθισε στο λιθόστρωτο μαζί του και τον κάλεσε να καπνίσουν ναργιλέ, εκείνη την παράξενη πίπα που χρησιμοποιούν οι Άραβες.

– Για ποιο πράγμα ψάχνεις; ρώτησε ο γέρος έμπορος κρυστάλλων.

– Σας το 'χω ξαναπεί. Θέλω τα πρόβατά μου πίσω. Και γι' αυτό χρειάζονται λεφτά.

Ο γέρος έβαλε κι άλλα αναμμένα κάρβουνα στο ναργιλέ και τράβηξε μια βαθιά ρουφηξιά.

– Έχω αυτό το μαγαζί εδώ και τριάντα χρόνια. Ξεχωρίζω την καλή από την κακή ποιότητα κρυστάλλου και γνωρίζω όλες τις λεπτομέρειες αυτής της δουλειάς. Έχω συνηθίσει το μέγεθος του μαγαζιού μου και την πελατεία μου. Αν προσφέρεις τσάι σε κρύσταλλα, το μαγαζί θα αναπτυχθεί. Και τότε θα πρέπει κι εγώ ν' αλλάξω τον τρόπο της ζωής μου.

– Και είναι κακό αυτό;

– Έχω συνηθίσει τη ζωή μου. Πριν έρθεις, νόμιζα ότι είχα χάσει πολύ χρόνο στο ίδιο μέρος, ενώ αντίθετα όλοι οι φίλοι μου άλλαζαν, είτε πήγαιναν καλά οι δουλειές τους είτε όχι. Αυτό με στενοχωρούσε αφάνταστα. Τώρα ξέρω ότι δεν είχα δίκιο: το μαγαζί έχει ακριβώς το μέγεθος που πάντα επιθυμούσα. Δε θέλω να αλλάξω, γιατί δεν ξέρω πώς ν' αλλάξω. Συνήθισα πάρα πολύ τον ίδιο τον εαυτό μου.

Το αγόρι δεν ήξερε τι να πει. Και ο γέρος συνέχισε:

– Ήσουν για μένα μια ευλογία. Και σήμερα κατάλαβα κάτι: πως όποια ευλογία δεν είναι καλοδεχούμενη μετατρέπεται σε κατάρα. Τίποτε άλλο δεν επιθυμώ απ' τη ζωή. Κι εσύ με ανάγκασες να δω πλούτη και ορίζοντες που δεν είχα φανταστεί ποτέ μου. Τώρα όμως που τους γνώρισα και ξέρω τις απέραντες δυνατότητές μου, θα αισθανθώ πιο άσχημα κι από πριν. Γιατί ξέρω ότι μπορώ ν' αποκτήσω τα πάντα κι όμως το αρνούμαι.

«Ευτυχώς που δεν είπα τίποτε στο μικροπωλητή ποπ κορν», σκέφτηκε το αγόρι.

Κάπνισαν το ναργιλέ για λίγο ακόμη, ενώ ο ήλιος έδυε. Συζητούσαν στα αραβικά και το αγόρι αισθανόταν ευχαριστημένο με τον εαυτό του, γιατί μπορούσε να μιλά αραβικά. Κάποτε νόμιζε ότι τα πρόβατα μπορούσαν να του μάθουν τα πάντα για τον κόσμο. Τα πρόβατα όμως δε θα μπορούσαν να του μάθουν αραβικά.

«Θα υπάρχουν σίγουρα και άλλα πράγματα στον κόσμο που τα πρόβατα δεν μπορούν να σου μάθουν», σκέφτηκε το αγόρι κοιτάζοντας σιωπηλό τον έμπορο. «Γιατί το μόνο για το οποίο νοιάζονται είναι να βρουν νερό και τροφή. Δε νομίζω ότι εκείνα διδάσκουν: εγώ είμαι που μαθαίνω».

– *Μακτούμπ*, είπε τελικά ο έμπορος.

– Τι θα πει αυτό;

– Έπρεπε να ήσουν Άραβας για να το καταλάβεις, απάντησε εκείνος. Αλλά η μετάφραση θα ήταν περίπου: «Έτσι είναι γραφτό».

Και, σβήνοντας τα αναμμένα κάρβουνα του ναργιλέ, είπε του αγοριού ότι ήταν ελεύθερο να αρχίσει να πουλά τσάι σε κρυστάλλινα ποτήρια. Καμιά φορά είναι αδύνατο να εμποδίσεις το ποτάμι της ζωής.

Οι άνθρωποι που ανέβαιναν την ανηφόρα κουράζονταν. Εκεί ψηλά, όμως, υπήρχε ένα μαγαζί με όμορφα κρύσταλλα και με δροσιστικό τσάι από δυόσμο. Έμπαιναν μέσα στο μαγαζί για να πιουν το τσάι που προσφερόταν σε ωραία κρυστάλλινα ποτήρια.

– Η γυναίκα μου ποτέ δεν το σκέφτηκε αυτό, διαπίστωσε κάποιος κι αγόρασε μερικά κρύσταλλα, γιατί εκείνο το βράδυ θα είχε μουσαφίρηδες: οι καλεσμένοι του θα έμεναν έκπληκτοι με τέτοια πολυτελή σκεύη. Ένας άλλος ισχυριζόταν ότι το τσάι είναι πιο γευστικό όταν προσφέρεται σε κρυστάλλινα σκεύη, γιατί κρατάνε καλύτερα το άρωμα. Ένας τρίτος είπε επιπλέον ότι στην Ανατολή ήταν παράδοση να χρησιμοποιούνται ποτήρια από κρύσταλλο λόγω των μαγικών ιδιοτήτων του.

Γρήγορα το νέο διαδόθηκε και πολλοί άνθρωποι ανέβαιναν την ανηφόρα για να γνωρίσουν το μαγαζί που προσέφερε κάτι το καινούριο σ' έναν τόσο παλιό εμπορικό κλάδο. Άνοιξαν κι άλλα μαγαζιά που πρόσφεραν τσάι σε ποτήρια από κρύσταλλο, δε βρίσκονταν όμως ψηλά σε μια ανηφόρα και γι' αυτό ήταν πάντα άδεια.

Σε λίγο χρονικό διάστημα, ο έμπορος αναγκάστηκε να πάρει άλλους δυο υπαλλήλους. Μαζί με τα κρύσταλλα, άρχισε να εισάγει μεγάλες ποσότητες τσαγιού, που καταναλώνονταν καθημερινά από άντρες και γυναίκες που διψούσαν για κάτι το καινούριο.

Πέρασαν έτσι έξι μήνες.

Το αγόρι ξύπνησε πριν από τα χαράματα. Είχαν περάσει έντεκα μήνες και εννιά μέρες από τότε που είχε πατήσει για πρώτη φορά το πόδι του στην αφρικανική ήπειρο.

Φόρεσε τα άσπρα, λινά αραβικά του ρούχα που είχε αγοράσει ειδικά για εκείνη τη μέρα. Έβαλε το μαντίλι στο κεφάλι και το στερέωσε μ' ένα δαχτυλίδι από δέρμα καμήλας. Φόρεσε τα καινούρια του σανδάλια και κατέβηκε αθόρυβα.

Η πόλη κοιμόταν ακόμη. Ετοίμασε ένα σάντουιτς με σουσάμι και ήπιε ζεστό τσάι σ' ένα κρυστάλλινο ποτήρι. Στη συνέχεια, κάθισε στο κατώφλι καπνίζοντας το ναργιλέ μόνος του.

Κάπνιζε σιωπηλός, χωρίς σκέψεις, αφουγκραζόμενος μόνο τον αδιάκοπο θόρυβο του ανέμου που φυσούσε μεταφέροντας τη μυρωδιά της ερήμου. Όταν τέλειωσε το κάπνισμα, έχωσε το χέρι του σε μια απ' τις τσέπες του και για λίγα λεπτά περιεργάστηκε ό,τι είχε βγάλει από κει μέσα.

Υπήρχε μια μεγάλη δεσμίδα χρημάτων. Αρκετά για ν' αγοράσει εκατόν είκοσι πρόβατα κι ένα εισιτήριο επιστροφής και για να βγάλει μια άδεια εισαγωγών και εξαγωγών ανάμεσα στη χώρα του και στη χώρα όπου βρισκόταν τώρα.

Περίμενε υπομονετικά να ξυπνήσει ο γέρος και ν' ανοίξει το μαγαζί. Πήγαν μετά μαζί να πιουν τσάι.

– Θα φύγω σήμερα, είπε το αγόρι. Έχω λεφτά για ν' αγοράσω τα πρόβατά μου. Εσείς έχετε λεφτά να πάτε στη Μέκκα.

Ο γέρος δεν είπε τίποτε.

– Την ευχή σας, επέμεινε το αγόρι. Με βοηθήσατε.

Ο γέρος εξακολούθησε να ετοιμάζει το τσάι σιωπηλός. Έπειτα από λίγο, όμως, στράφηκε προς το αγόρι.

– Είμαι υπερήφανος για σένα, είπε. Έδωσες ψυχή στο μαγαζί μου με κρυστάλλινα είδη. Ξέρεις όμως ότι εγώ δε θα πάω στη Μέκκα. Όπως ξέρεις επίσης ότι δε θα ξαναγοράσεις πρόβατα.

– Ποιος σας το είπε αυτό; ρώτησε το αγόρι φοβισμένο.

– *Μακτούμπ,* είπε απλώς ο γέρος έμπορος κρυστάλλων.

Και του έδωσε την ευχή του.

Το αγορι πήγε στο δωμάτιό του και μάζεψε τα υπάρχοντά του. Τρεις μεγάλους μπόγους. Ετοιμαζόταν να φύγει, όταν πρόσεξε σε μια γωνία του δωματίου το δισάκι του. Τσαλακωμένο, σχεδόν αγνώριστο. Μέσα είχε ακόμη το ίδιο βιβλίο και την κάπα. Όταν έβγαλε την κάπα, με σκοπό να τη χαρίσει σε κάποιο αλητάκι, οι δυο λίθοι κύλησαν κάτω. Ο Ουρίμ και ο Τουμίμ.

Τότε το αγόρι θυμήθηκε το γέρο βασιλιά και απόρησε πώς τόσο καιρό τώρα δεν τον είχε θυμηθεί. Είχε δουλέψει ασταμάτητα έναν ολόκληρο χρόνο, με μόνη σκέψη να μαζέψει λεφτά για να γυρίσει στην Ισπανία με το κεφάλι ψηλά.

«Μην απαρνιέσαι ποτέ τα όνειρά σου», είχε πει ο γέρος βασιλιάς. «Να ακολουθήσεις τα σημάδια».

Το αγόρι μάζεψε τον Ουρίμ και τον Τουμίμ από κάτω και ένιωσε ξανά εκείνο το παράξενο αίσθημα ότι ο βασιλιάς βρισκόταν κάπου εκεί. Είχε δουλέψει σκληρά έναν ολόκληρο χρόνο και τα σημάδια έδειχναν ότι είχε φτάσει η ώρα του αποχωρισμού.

«Θα γίνω ακριβώς το ίδιο που ήμουν και πριν», σκέφτηκε το αγόρι. «Και τα πρόβατα δε μ' έμαθαν να μιλάω αραβικά».

Τα πρόβατα στο μεταξύ του είχαν μάθει κάτι πολύ πιο σημαντικό: ότι στον κόσμο υπήρχε μια γλώσσα που όλοι την καταλάβαιναν και που το αγόρι την είχε χρησιμοποιήσει όλο εκείνο το χρονικό διάστημα για τη βελτίωση του μαγαζιού. Ήταν η γλώσσα του ενθουσιασμού, των πραγμάτων που γίνονται με αγάπη και με θέληση, όταν αναζητάς κάτι που το θέλεις ή που πιστεύεις σε αυτό. Η Ταγγέρη δεν ήταν πια ξένη χώρα κι εκείνος αισθάνθηκε ότι, με τον ίδιο τρόπο που είχε κατακτήσει εκείνο τον τόπο, θα μπορούσε να κατακτήσει και τον κόσμο.

«Όταν κάποιος θέλει κάτι πάρα πολύ, όλο το σύμπαν συνωμοτεί για να γίνει πραγματικότητα», είχε πει ο γέρος βασιλιάς.

Ο γέρος βασιλιάς όμως δεν είχε πει τίποτε για κλέφτες, για απέραντες ερήμους, για ανθρώπους που γνωρίζουν τα όνειρά τους κι όμως αρνούνται να τα πραγματοποιήσουν. Ο γέρος βασιλιάς δεν του είχε πει ότι οι πυραμίδες ήταν μόνο ένας σωρός από πέτρες και ότι οποιοσδήποτε θα μπορούσε να συσσωρεύσει πέτρες στον κήπο του. Και είχε ξεχάσει να πει ότι, όταν έχει μαζέψει κανείς λεφτά για ν' αγοράσει ένα κοπάδι μεγαλύτερο από εκείνο που ήδη έχει, τότε πρέπει να το αγοράσει.

Το αγόρι έπιασε το δισάκι και το 'βαλε μαζί με τους άλλους μπόγους. Κατέβηκε τις σκάλες· ο γέρος εξυπηρετούσε ένα ζευγάρι ξένων, ενώ άλλοι δυο πελάτες τριγυρνούσαν στο μαγαζί πίνοντας τσάι από κρυστάλλινα ποτήρια. Καλή κίνηση για τόσο πρωί. Από κει όπου στεκόταν, πρόσεξε για πρώτη φορά ότι τα μαλλιά του εμπόρου έμοιαζαν πολύ με τα μαλλιά του γέρου βασιλιά. Θυμήθηκε το χαμόγελο του ζαχαροπλάστη την πρώτη μέρα στην Ταγγέρη, όταν δεν είχε πού να πάει και τι να φάει· κι εκείνο το χαμόγελο του είχε θυμίσει το γέρο βασιλιά.

«Σαν να είχε περάσει από κει και να είχε αφήσει μια σφραγίδα», σκέφτηκε. «Και ο κάθε άνθρωπος να είχε γνωρίσει εκείνο το βασιλιά κάποια στιγμή της ζωής του. Στο κάτω κάτω, είχε πει ότι εμφανίζεται πάντα σε όποιον ζει τον Προσωπικό του Μύθο».

Έφυγε χωρίς να αποχαιρετήσει τον έμπορο κρυστάλλων. Δεν ήθελε να κλάψει, μην τυχόν και τον δουν. Αλλά θα νοσταλγούσε όλο εκείνο τον περασμένο χρόνο κι όλα τα καλά που είχε μάθει. Είχε αποκτήσει πιο πολλή εμπιστοσύνη στον εαυτό του και ήθελε να κατακτήσει τον κόσμο.

«Επιστρέφω στους γνωστούς μου κάμπους για να οδηγήσω ξανά τα πρόβατά μου». Κι όμως, η απόφασή του δεν τον ευχαριστούσε πια. Είχε δουλέψει έναν ολόκληρο χρόνο για να πραγματοποιήσει ένα όνειρο κι αυτό το όνειρο έχανε ολοένα και περισσότερο τη σημασία του. Ίσως επειδή δεν ήταν το όνειρό του.

«Ποιος ξέρει, ίσως να είναι καλύτερα να είσαι σαν τον έμπορο κρυστάλλων· ποτέ να μην έχει πάει στη Μέκκα και να ζει με την επιθυμία να τη γνωρίσει». Κρατούσε όμως τον Ουρίμ και τον Τουμίμ στα χέρια του κι αυτοί οι λίθοι τού μετέδιδαν τη δύναμη και τη θέληση του γέρου βασιλιά. Από σύμπτωση –ή ήταν σημάδι, σκέφτηκε το αγόρι– έφτασε στο καπηλειό όπου είχε μπει την πρώτη μέρα. Ο κλέφτης δεν ήταν πια εκεί και ο ιδιοκτήτης τού έφερε ένα φλιτζάνι τσάι.

«Θα μπορέσω να ξαναγίνω βοσκός όποτε θελήσω», σκέφτηκε το αγόρι. «Έμαθα να φροντίζω τα πρόβατα και ποτέ δε θα ξεχάσω τη φύση τους. Μπορεί όμως να μη βρω άλλη ευκαιρία να φτάσω ως τις πυραμίδες της Αιγύπτου. Ο γέρος φορούσε ένα χρυσαφένιο κόσμημα και γνώριζε την ιστορία μου. Ήταν ένας αληθινός βασιλιάς, ένας σοφός βασιλιάς».

Το καράβι δε θα έκανε πάνω από δύο ώρες για να τον πάει στις πεδιάδες της Ανδαλουσίας, μια ολόκληρη έρημος όμως τον χώριζε από τις πυραμίδες. Το αγόρι εκτίμησε την κατάσταση ως εξής: στην πραγματικότητα βρισκόταν δυο ώρες πιο κοντά στο θησαυρό του. Ακόμη κι αν είχε χρειαστεί σχεδόν έναν ολόκληρο χρόνο για να διαβεί αυτές τις δύο ώρες.

«Ξέρω γιατί θέλω να ξαναγυρίσω στα πρόβατά μου. Τα πρόβατα τα γνωρίζω πια· δεν απαιτούν πολύ κόπο και είναι αξιαγάπητα. Δεν ξέρω αν θ' αγαπήσω την έρημο, εκεί όμως είναι κρυμμένος ο θησαυρός μου. Αν δεν καταφέρω να τον βρω, υπάρχει πάντα η δυνατότητα να ξαναγυρίσω σπίτι. Ξαφνικά όμως η ζωή μού πρόσφερε αρκετά λεφτά κι έχω όλο το χρόνο στη διάθεσή μου· γιατί όχι;»

Εκείνη τη στιγμή αισθάνθηκε απέραντη χαρά. Όποτε ήθελε θα μπορούσε να ξαναγίνει βοσκός. Όποτε ήθελε θα μπορούσε να ξαναγίνει πωλητής κρυστάλλων. Μπορεί να υπήρχαν στον κόσμο κι άλλοι κρυμμένοι θησαυροί, εκείνος όμως είχε δει επανειλημμένα το ίδιο όνειρο και είχε συναντήσει ένα βασιλιά. Κάτι τέτοιο δε συνέβαινε στον καθέναν.

Αισθανόταν χαρούμενος όταν έφυγε απ' το καπηλειό. Είχε θυμηθεί ότι ένας από τους προμηθευτές του εμπόρου μετέφερε τα κρύσταλλα με καραβάνια που διέσχιζαν την έρημο. Κράτησε τον Ουρίμ και τον Τουμίμ στα χέρια· εκείνοι οι δυο λίθοι ήταν η αιτία που είχε ξαναπάρει το δρόμο προς το θησαυρό.

«Είμαι πάντα δίπλα σ' εκείνους που ζουν τον Προσωπικό τους Μύθο», είχε πει ο γέρος βασιλιάς.

Δεν είχε τίποτα να χάσει αν πήγαινε ως την αποθήκη, για να μάθει αν οι πυραμίδες ήταν πραγματικά πολύ μακριά.

Ο ΑΓΓΛΟΣ καθόταν σ' ένα κτίριο που βρομούσε από τη μυρωδιά των ζώων, τον ιδρώτα και τη σκόνη. Δεν έμοιαζε καθόλου με αποθήκη· ήταν απλώς ένα μαντρί.

«Έζησα μια ολόκληρη ζωή για να βρεθώ τώρα σ' ένα τέτοιο μέρος», σκέφτηκε ξεφυλλίζοντας αφηρημένα ένα περιοδικό χημείας. «Δέκα χρόνια μελέτης και κατέληξα σ' αυτό το μαντρί».

Έπρεπε όμως να προχωρήσει. Να πιστέψει στα σημάδια. Σ' όλη του τη ζωή, όλες οι μελέτες του είχαν ένα σκοπό, την αναζήτηση της μοναδικής γλώσσας που μιλούσε το σύμπαν. Στην αρχή είχε ενδιαφερθεί για την εσπεράντο, αργότερα για τις θρησκείες και τελικά για την αλχημεία. Μιλούσε εσπεράντο, καταλάβαινε άριστα τις διάφορες θρησκείες, αλλά δεν είχε γίνει ακόμη αλχημιστής. Είχε καταφέρει να ξεδιαλύνει σημαντικά πράγματα, είναι αλήθεια. Οι έρευνές του όμως είχαν φτάσει σε αδιέξοδο. Μάταια είχε προσπαθήσει να έρθει σε επαφή με κάποιο αλχημιστή. Οι αλχημιστές ήταν παράξενοι άνθρωποι, το μόνο που σκέφτονταν ήταν ο εαυτός τους και σπάνια έδειχναν πρόθυμοι να βοηθήσουν. Ποιος ξέρει αν είχαν ανακαλύψει το μυστικό του Μεγάλου Έργου –τη λεγόμενη φιλοσοφική λίθο– και γι' αυτό κατέφευγαν στη σιωπή.

Ήδη είχε ξοδέψει ένα μέρος της περιουσίας που είχε κληρονομήσει απ' τον πατέρα του ψάχνοντας μάταια για τη φιλοσοφική λίθο. Είχε ψάξει στις καλύτερες βιβλιοθήκες του κόσμου και αγοράσει τα πιο σημαντικά και σπάνια βιβλία για αλχημεία. Σ' ένα απ' αυτά ανακάλυψε ότι, πριν από πολλά χρόνια, ένας διάσημος Άραβας αλχημιστής είχε επισκεφτεί την Ευρώπη. Έλεγαν ότι ήταν άνω των διακοσίων ετών, ότι είχε ανακαλύψει τη φιλοσοφική λίθο και το ελιξήριο μακροζωίας. Ο Άγγλος εντυπωσιάστηκε πολύ απ' αυτή την ιστορία. Αλλά δε θα είχε ξεπεράσει τα όρια του παραμυθιού, αν ένας φίλος του –που είχε επιστρέψει από μια αρχαιολογική αποστολή στην έρημο– δεν του είχε μιλήσει για έναν Άραβα με ασυνήθιστα προσόντα.

– Κατοικεί στην όαση Αλ-Φαγιούμ, είχε πει ο φίλος του. Ο κόσμος λέει ότι είναι διακοσίων ετών και μπορεί να μετατρέψει οποιοδήποτε μέταλλο σε χρυσάφι.

Ο Άγγλος αναστατώθηκε. Αμέσως ακύρωσε όλες του τις δεσμεύσεις, μάζεψε τα πιο σημαντικά βιβλία και να τος τώρα εκεί, σ' εκείνη την αποθήκη, ίδια με μαντρί, ενώ έξω ένα τεράστιο καραβάνι προετοιμαζόταν να διασχίσει τη Σαχάρα. Το καραβάνι θα περνούσε από την Αλ-Φαγιούμ.

«Πρέπει να γνωρίσω εκείνο τον καταραμένο αλχημιστή», σκέφτηκε ο Άγγλος. Και η δυσοσμία των ζώων έγινε πιο υποφερτή.

Ένας νεαρός Άραβας, κι εκείνος φορτωμένος με βαλίτσες, μπήκε εκεί όπου βρισκόταν ο Άγγλος και τον χαιρέτησε.

– Πού θα πάτε; ρώτησε ο νεαρός Άραβας.

– Στην έρημο, απάντησε ο Άγγλος και ξαναβυθίστηκε στη μελέτη. Δεν είχε όρεξη για συζητήσεις. Έπρεπε να ξαναφέρει στο νου του όσα είχε μάθει στο διάστημα των δέκα χρόνων, γιατί ο αλχημιστής μάλλον θα τον υπέβαλλε σε κάποιου είδους εξέταση.

Ο νεαρός Άραβας έβγαλε ένα βιβλίο κι άρχισε να διαβάζει. Το βιβλίο ήταν γραμμένο στα ισπανικά. «Τόσο το καλύτερο», σκέφτηκε ο Άγγλος. Μιλούσε τα ισπανικά καλύτερα από τα αραβικά και, αν το αγόρι αυτό πήγαινε μέχρι την Αλ-Φαγιούμ, θα είχε ένα συνομιλητή, όταν δε θα τον απασχολούσαν σημαντικά πράγματα.

«Αστείο πράγμα», σκέφτηκε το αγόρι προσπαθώντας για άλλη μια φορά να διαβάσει τη σκηνή της κηδείας που ήταν στην αρχή του βιβλίου. «Δυο χρόνια τώρα έχω αρχίσει να το διαβάζω και δεν έχω προχωρήσει πιο πέρα απ' αυτές τις σελίδες». Ακόμη και χωρίς να τον διακόψει ένας γέρος βασιλιάς, δεν μπορούσε να συγκεντρωθεί. Δίσταζε ακόμα για την απόφασή του. Αλλά είχε καταλάβει κάτι το σημαντικό: οι αποφάσεις ήταν μόνο και μόνο μια αρχή για κάτι. Όταν κάποιος έπαιρνε μια απόφαση, στην πραγματικότητα βουτούσε σ' ένα δυνατό ρεύμα που τον παράσερνε προς έναν τόπο που δεν είχε ποτέ του φανταστεί τη στιγμή της απόφασης.

«Όταν αποφάσισα να ξεκινήσω την αναζήτηση του θησαυρού μου, ποτέ μου δεν είχα φανταστεί ότι θα δούλευα σ' ένα μαγαζί κρυστάλλων», σκέφτηκε το αγόρι, για να επιβεβαιώσει το συλλογισμό του. «Με τον ίδιο τρόπο, αυτό το καραβάνι μπορεί να είναι δική μου απόφαση, η διαδρομή του όμως θα είναι για πάντα ένα μυστήριο».

Μπροστά καθόταν ένας Ευρωπαίος διαβάζοντας κι εκείνος ένα βιβλίο. Ο Ευρωπαίος ήταν αντιπαθητικός και τον είχε περιεργαστεί περιφρονητικά όταν εκείνος μπήκε. Θα μπορούσαν να είχαν γίνει καλοί φίλοι, αλλά ο Ευρωπαίος δε θέλησε να δώσει συνέχεια στη συζήτηση.

Ο ΑΛΧΗΜΙΣΤΗΣ

Το αγόρι έκλεισε το βιβλίο. Δεν ήθελε να κάνει τίποτε που να τον έκανε να μοιάζει μ' εκείνο τον Ευρωπαίο. Έβγαλε τον Ουρίμ και τον Τουμίμ από την τσέπη κι άρχισε να παίζει μαζί τους.

Ο ξένος ξεφώνισε:

– Ένας Ουρίμ κι ένας Τουμίμ!

Το αγόρι έβαλε αστραπιαία τους λίθους στην τσέπη.

– Δεν είναι για πούλημα, είπε.

– Δεν αξίζουν πολύ, είπε ο Άγγλος. Είναι κρύσταλλα ορυκτών, τίποτε παραπάνω. Στη γη υπάρχουν εκατομμύρια κρύσταλλα ορυκτών, αλλά για κάποιον που γνωρίζει είναι ξεκάθαρο ότι εδώ πρόκειται για τον Ουρίμ και τον Τουμίμ. Δεν ήξερα ότι υπάρχουν σ' αυτά τα μέρη.

– Ήταν δώρο ενός βασιλιά, είπε το αγόρι.

Ο ξένος έμεινε βουβός. Μετά έχωσε το χέρι στην τσέπη του κι έβγαλε, τρέμοντας, δυο παρόμοιους λίθους.

– Μίλησες για ένα βασιλιά, είπε.

– Κι εσύ δεν πιστεύεις ότι οι βασιλιάδες κουβεντιάζουν με βοσκούς, είπε το αγόρι, θέλοντας τώρα να βάλει εκείνο τέρμα στη συζήτηση.

– Ίσα ίσα. Οι βοσκοί πρώτοι αναγνώρισαν ένα βασιλιά που ο κόσμος αρνιόταν ν' αναγνωρίσει.

Και πρόσθεσε, φοβούμενος ότι το αγόρι δεν είχε καταλάβει.

– Το λέει η Βίβλος. Στο ίδιο βιβλίο που μ' έμαθε να χρησιμοποιώ αυτό τον Ουρίμ κι αυτό τον Τουμίμ. Αυτοί οι λίθοι ήταν ο μόνος επιτρεπτός από το Θεό τρόπος μαντείας. Οι ιερείς τούς φορούσαν σ' ένα χρυσαφένιο κόσμημα.

Το αγόρι χάρηκε που βρισκόταν σ' εκείνη την αποθήκη.

– Ίσως αυτό να είναι ένα σημάδι, είπε ο Άγγλος, σαν να σκεφτόταν φωναχτά.

– Ποιος μίλησε για σημάδια;

Το ενδιαφέρον του αγοριού όλο και μεγάλωνε.

– Τα πάντα στη ζωή είναι σημάδια, είπε ο Άγγλος, κλείνοντας αυτή τη φορά το περιοδικό που διάβαζε. Το σύμπαν δημιουργήθηκε σε μια γλώσσα κατανοητή στον καθέναν, που όμως ξεχάστηκε πια. Αυτή την παγκόσμα γλώσσα ψάχνω, μεταξύ άλλων.

»Γι' αυτό βρίσκομαι εδώ. Γιατί πρέπει να γνωρίσω έναν άνθρωπο που να ξέρει αυτή την παγκόσμια γλώσσα. Έναν αλχημιστή.

Η συζήτηση διακόπηκε από τον υπεύθυνο της αποθήκης.

– Είστε τυχεροί, είπε ο χοντρός Άραβας. Σήμερα το απόγευμα φεύγει ένα καραβάνι για την Αλ-Φαγιούμ.

- Μα εγώ πάω στην Αίγυπτο, είπε το αγόρι.

- Η Αλ-Φαγιούμ είναι στην Αίγυπτο, είπε ο ιδιοκτήτης. Τι σόι Άραβας είσαι;

Το αγόρι είπε ότι ήταν Ισπανός. Ο Άγγλος χάρηκε: αν και ήταν ντυμένο σαν Άραβας, τουλάχιστον το αγόρι ήταν Ευρωπαίος.

- Τα σημάδια τα λέει «τύχη», είπε ο Άγγλος, μόλις έφυγε ο χοντρός Άραβας. Αν μπορούσα, θα έγραφα μια εγκυκλοπαίδεια για τις λέξεις «τύχη» και «σύμπτωση». Μ' αυτές τις λέξεις γράφεται η παγκόσμια γλώσσα.

Συνεχίζοντας τα σχόλιά του, είπε στο αγόρι ότι το να τον συναντήσει με τον Ουρίμ και τον Τουμίμ στα χέρια δεν ήταν «σύμπτωση». Το ρώτησε αν έψαχνε κι εκείνο για τον αλχημιστή.

- Ψάχνω για ένα θησαυρό, είπε το αγόρι κι αμέσως το μετάνιωσε. Ο Άγγλος όμως δε φάνηκε να έδωσε σημασία.

- Κι εγώ, κατά κάποιο τρόπο, είπε.

- Ούτε καν ξέρω τι θα πει αλχημιστής, ολοκλήρωσε το αγόρι, όταν ο ιδιοκτήτης της αποθήκης άρχισε να τους καλεί έξω.

- ΕΙΜΑΙ Ο ΑΡΧΗΓΟΣ του καραβανιού, είπε ένας κύριος με γενειάδα και μαύρα μάτια. Έχω εξουσία ζωής και θανάτου πάνω στον κάθε άνθρωπο που οδηγώ. Γιατί η έρημος είναι σαν ιδιότροπη γυναίκα και καμιά φορά ξετρελαίνει τους ανθρώπους.

Υπήρχαν διακόσια περίπου άτομα και διπλάσιος αριθμός ζώων: καμήλες, άλογα, γαϊδούρια, πτηνά. Υπήρχαν γυναίκες και παιδιά, ενώ αρκετοί άντρες έφεραν σπαθιά στις ζώνες τους ή τουφέκια στους ώμους τους. Ο Άγγλος κουβαλούσε μερικές βαλίτσες γεμάτες με βιβλία. Επικρατούσε απέραντη οχλαγωγία και ο αρχηγός αναγκάστηκε να επαναλάβει μερικές φορές τα λόγια του για να τον ακούσουν όλοι.

- Εδώ υπάρχουν κάθε είδους άνθρωποι με διαφορετικούς θεούς στις καρδιές τους. Αλλά για μένα ένας είναι ο Θεός, ο Αλάχ, και ορκίζομαι στο όνομά του ότι θα κάνω ό,τι είναι δυνατό και καλύτερο για να νικήσω για μια φορά ακόμη την έρημο. Θα ήθελα τώρα να ορκιστεί ο καθένας σας, στο όνομα του θεού που πιστεύει, μ' όλη του την καρδιά, ότι θα με υπακούσει σε οποιαδήποτε περίπτωση. Ανυπακοή στην έρημο σημαίνει θάνατος.

Ένα ψιθύρισμα ένωσε τα σκυμμένα κεφάλια. Ο καθένας ορκιζόταν χαμηλόφωνα στο δικό του θεό. Το αγόρι ορκίστηκε στον Ιησού Χριστό. Ο Άγγλος παρέμεινε σιωπηλός. Το ψιθύρισμα κράτησε πιο πολύ από έναν απλό όρκο· οι άνθρωποι ζητούσαν επίσης την προστασία του Ουρανού.

Ακούστηκε ένας παρατεταμένος ήχος τρομπέτας και ο καθένας ανέβηκε στο ζώο του. Το αγόρι και ο Άγγλος είχαν αγοράσει καμήλες και δυσκολεύτηκαν ν' ανέβουν. Το αγόρι λυπήθηκε την καμήλα του Άγγλου καθώς ήταν φορτωμένη με τις βαλίτσες, που ήταν γεμάτες με βιβλία.

– Δεν υπάρχουν συμπτώσεις, είπε ο Άγγλος, προσπαθώντας να συνεχίσει τη συζήτηση που είχαν ανοίξει στην αποθήκη. Ένας φίλος μ' έφερε ως εδώ, επειδή γνώριζε έναν Άραβα, που...

Το καραβάνι όμως ξεκίνησε και ήταν αδύνατο ν' ακουστούν τα λόγια του Άγγλου. Παρ' όλα αυτά το αγόρι ήξερε τι ακριβώς εννοούσε ο Άγγλος: τη μυστική αλυσίδα που σιγά σιγά ενώνει το ένα πράγμα με το άλλο, που τον είχε ωθήσει να γίνει βοσκός, να δει επανειλημμένα το ίδιο όνειρο και να βρεθεί σε μια πόλη κοντά στην Αφρική, να συναντήσει ένα βασιλιά στην πλατεία και, αφού πέσει θύμα ληστείας, να γνωρίσει έναν έμπορο κρυστάλλων, και...

«Όσο πλησιάζεις το όνειρο, τόσο πιο πολύ ο Προσωπικός Μύθος γίνεται ο αληθινός λόγος ύπαρξης», σκέφτηκε το αγόρι.

Το καραβανι άρχισε να προχωρά ακολουθώντας την κατεύθυνση του λεβάντε. Ταξίδευαν το πρωί, σταματούσαν όταν ο ήλιος μεσουρανούσε και ξεκινούσαν πάλι όταν άρχιζε να δύει. Το αγόρι μιλούσε ελάχιστα με τον Άγγλο, που ήταν απασχολημένος τον περισσότερο χρόνο με τα βιβλία του.

Άρχισε λοιπόν να παρατηρεί σιωπηλά την πορεία των ζώων και των ανθρώπων στην έρημο. Τώρα ήταν όλα πολύ διαφορετικά από τη μέρα που είχαν ξεκινήσει: εκείνη τη μέρα, το πανδαιμόνιο και οι φωνές, τα κλάματα των παιδιών και το χλιμίντρισμα των ζώων ανακατεύονταν με τις νευρικές διαταγές των οδηγών και των εμπόρων.

Στην έρημο όμως υπήρχε μόνο ο αιώνιος άνεμος, η σιωπή και οι οπλές των ζώων. Ακόμη και οι οδηγοί κουβέντιαζαν ελάχιστα μεταξύ τους.

– Έχω διασχίσει αυτή την άμμο πολλές φορές, είπε ένας καμηλιέρης κάποια νύχτα. Αλλά η έρημος είναι τόσο μεγάλη, οι ορίζοντές της τόσο μακρινοί, που αισθανόμαστε μικροί και παραμένουμε σιωπηλοί.

Το αγόρι κατάλαβε τι εννοούσε ο καμηλιέρης, παρόλο που μέχρι τότε δεν είχε βρεθεί σε καμιά έρημο. Όποτε κοιτούσε τη θάλασσα ή τη φωτιά, μπορούσε να παραμείνει ώρες σιωπηλός, χωρίς σκέψεις, βυθισμένος στην απεραντοσύνη και τη δύναμη των στοιχείων της φύσης.

«Έμαθα από τα πρόβατα κι έμαθα από τα κρύσταλλα», σκέφτηκε. «Μπορώ επίσης να μάθω κι από την έρημο. Μου φαίνεται πιο ηλικιωμένη και πιο σοφή».

Ο άνεμος δε σταματούσε ποτέ να φυσάει. Το αγόρι θυμήθηκε εκείνη τη μέρα που ένιωσε τον ίδιο άνεμο, όταν καθόταν στο φρούριο στην Ταρίφα. Ίσως να χαϊδεύει τώρα το μαλλί των προβάτων του, που διέσχιζαν ψάχνοντας τροφή και νερό στις πεδιάδες της Ανδαλουσίας.

«Δεν είναι πια δικά μου τα πρόβατα», είπε στον εαυτό του, χωρίς νοσταλγία. «Συνήθισαν μάλλον έναν άλλο βοσκό και με ξέχασαν. Καλό κι αυτό. Όποιος είναι συνηθισμένος στα ταξίδια, όπως τα πρόβατα, ξέρει πάντα ότι κάποια μέρα φτάνει η στιγμή που θα φύγει».

Θυμήθηκε μετά την κόρη του εμπόρου και ένιωσε σίγουρος ότι θα είχε κιόλας παντρευτεί. Ποιος ξέρει, μ' ένα μικροπωλητή ποπ κορν ή μ' ένα βοσκό που ήξερε κι εκείνος να διαβάζει και να διηγείται φανταστικές ιστορίες; Στο κάτω κάτω, δεν ήταν ο μοναδικός. Αλλά το προαίσθημά του τον προβλημάτισε: είχε αρχίσει να μαθαίνει την παγκόσμια γλώσσα, που γνωρίζει το παρελθόν και το μέλλον όλων των ανθρώπων; «Προαισθήματα», έλεγε συχνά η μητέρα του. Το αγόρι άρχισε να καταλαβαίνει ότι τα προαισθήματα ήταν οι γρήγορες βουτιές της ψυχής σ' αυτό το παγκόσμιο στρώμα ζωής, όπου οι ιστορίες όλων των ανθρώπων αλληλοσυνδέονται και μπορούμε να μάθουμε τα πάντα, γιατί τα πάντα είναι γραμμένα.

– *Μακτούμπ*, είπε το αγόρι, καθώς θυμήθηκε τον έμπορο κρυστάλλων.

Σε άλλα σημεία της ερήμου υπήρχε άμμος και σε άλλα το έδαφος ήταν πετρώδες. Όταν το καραβάνι συναντούσε πετρώδες έδαφος, το παρέκαμπτε. Όταν όμως συναντούσε ένα βράχο, έπρεπε να κάνει μια μεγάλη παράκαμψη. Όταν η άμμος ήταν υπερβολικά λεπτή για τις οπλές των καμηλών, έψαχνε για ένα μέρος με πιο στέρεη άμμο. Μερικές φορές το έδαφος ήταν στρωμένο με αλάτι, στο σημείο όπου κάποτε υπήρχε μια λίμνη. Τότε τα ζώα δυσανασχετούσαν και οι καμηλιέρηδες κατέβαιναν και τα βοηθούσαν. Κουβαλούσαν οι ίδιοι το φορτίο τους στους ώμους, περνούσαν το δύσκολο έδαφος και ξαναφόρτωναν τα ζώα. Όταν κάποιος οδηγός αρρώσταινε ή πέθαινε, οι καμηλιέρηδες έβγαζαν με κλήρο έναν καινούριο οδηγό.

Για όλα αυτά όμως υπήρχε ένας σκοπός: δεν είχαν σημασία οι παρακάμψεις που έκανε αναγκαστικά, το καραβάνι έπρεπε να φτάσει στο στόχο του. Όταν ξεπερνούσε τα εμπόδια, στρεφόταν ξανά προς το άστρο που έδειχνε την τοποθεσία της όασης. Και όταν οι άνθρωποι έβλεπαν το άστρο να λάμπει το πρωί, ήξεραν ότι έδειχνε ένα μέρος με γυναίκες, νερό, χουρμάδες και φοίνικες. Μόνο ο Άγγλος δεν το καταλάβαινε, καθώς ήταν βυθισμένος τον περισσότερο χρόνο στα βιβλία του.

Και το αγόρι είχε ένα βιβλίο, το οποίο είχε προσπαθήσει να διαβάσει τις πρώτες μέρες του ταξιδιού. Έβρισκε όμως πιο ενδιαφέρον να παρατηρεί το καραβάνι και ν' αφουγκράζεται τον άνεμο. Μόλις γνώρισε καλύτερα την καμήλα του και δέθηκε μαζί της, πέταξε το βιβλίο. Του ήταν ένα άχρηστο βάρος, αν και είχε την πρόληψη ότι κάθε φορά που άνοιγε το βιβλίο θα συναντούσε κάποιον σπουδαίο.

Τελικά έγινε φίλος με τον καμηλιέρη που ταξίδευε πάντα πλάι του. Τη νύχτα, όταν έκαναν στάση γύρω από τη φωτιά, συνήθως διηγιόταν στον καμηλιέρη τις περιπέτειές του όταν ήταν βοσκός.

Κατά τη διάρκεια μιας τέτοιας κουβέντας άρχισε κι ο άλλος να μιλάει για τη ζωή του.

– Ζούσα σ' ένα μέρος κοντά στο Κάιρο, του διηγήθηκε. Είχα το λαχανόκηπο, τα παιδιά μου και μια ζωή που θα κυλούσε ίδια ως τη μέρα του θανάτου μου. Μια χρονιά που η σοδειά ήταν καλύτερη, τραβήξαμε όλοι για τη Μέκκα κι εγώ εκπλήρωσα τη μοναδική υποχρέωση που είχε απομείνει στη ζωή μου. Θα μπορούσα να πεθάνω ήσυχος κι αυτό μ' ευχαριστούσε.

»Κάποια μέρα, η γη άρχισε να τρέμει και η στάθμη των νερών του Νείλου ανέβηκε τόσο, που το ποτάμι ξεχείλισε. Αυτό που εγώ νόμιζα ότι συμβαίνει μόνο στους άλλους συνέβη και σε μένα. Οι γείτονές μου φοβήθηκαν ότι θα χάσουν τις ελιές τους με τις πλημμύρες· η γυναίκα μου φοβήθηκε ότι τα νερά θα παρασύρουν τα παιδιά μου. Κι εγώ έτρεμα στην ιδέα ότι θα έβλεπα κατεστραμμένα όσα είχα αποκτήσει.

»Δεν υπήρχε όμως καμιά διέξοδος. Η γη καταστράφηκε κι εγώ αναγκάστηκα να αναζητήσω ένα άλλο επάγγελμα. Σήμερα είμαι καμηλιέρης. Τότε όμως κατάλαβα το λόγο του Αλάχ: κανείς δε φοβάται το άγνωστο, γιατί ο κάθε άνθρωπος είναι ικανός να κατακτήσει ό,τι επιθυμεί κι ό,τι χρειάζεται. Το μόνο που φοβόμαστε είναι μήπως χάσουμε αυτά που έχουμε, είτε πρόκειται για τη ζωή μας είτε για τις καλλιέργειές μας. Όμως ο φόβος αυτός παύει να υπάρχει όταν καταλάβουμε ότι η ιστορία μας και η ιστορία του κόσμου γράφτηκε από το ίδιο Χέρι.

Μερικές φορές τα καραβάνια συναντιούνταν μεταξύ τους όταν στάθμευαν για τη νύχτα. Το ένα είχε κάτι που το άλλο χρειαζόταν, σαν πραγματικά όλα να είχαν γραφτεί από το ίδιο χέρι. Οι καμηλιέρηδες αντάλλαζαν πληροφορίες για τις ανεμοθύελλες και συγκεντρώνονταν γύρω από τη φωτιά λέγοντας ιστορίες της ερήμου.

Άλλες φορές έφταναν μυστηριώδεις άντρες με καλυμμένα τα πρόσωπά τους· ήταν βεδουίνοι που κατασκόπευαν την πορεία που ακολουθούσαν τα καραβάνια. Έφερναν νέα για ληστές και ανυπότακτες φυλές. Έρχονταν σιωπηλοί κι έφευγαν το ίδιο σιωπηλοί, τυλιγμένοι στις μαύρες κελεμπίες τους, απ' όπου φαίνονταν μόνο τα μάτια.

Μια τέτοια νύχτα, ο καμηλιέρης ήρθε κοντά στη φωτιά, όπου κάθονταν το αγόρι και ο Άγγλος.

– Υπάρχουν φήμες για πόλεμο μεταξύ των φυλών, είπε ο καμηλιέρης.

Και οι τρεις έμειναν σιωπηλοί. Το αγόρι παρατήρησε ότι πλανιόταν ένας αόριστος φόβος, παρόλο που κανείς δεν είχε πει λέξη. Να που για μια φορά ακόμη καταλάβαινε τη γλώσσα χωρίς λέξεις, τη Γλώσσα του Κόσμου.

Ύστερα από λίγο, ο Άγγλος ρώτησε αν υπήρχε κίνδυνος.

– Όποιος μπαίνει στην έρημο δεν μπορεί να κάνει πίσω, είπε ο καμηλιέρης. Κι όταν δεν μπορεί να κάνει πίσω, το μόνο που απομένει είναι να βρει τον καλύτερο τρόπο να προχωρήσει. Για τα υπόλοιπα φροντίζει ο Αλάχ, συμπεριλαμβανομένου και του κινδύνου.

– Πρέπει να προσέξετε περισσότερο τα καραβάνια, είπε το αγόρι στον Άγγλο μόλις έφυγε ο καμηλιέρης. Κάνουν πολλές παρακάμψεις, αλλά πορεύονται σταθερά προς το προκαθορισμένο σημείο.

– Κι εσύ έπρεπε να διαβάσεις πιο πολύ για τον κόσμο, απάντησε ο Άγγλος. Τα βιβλία είναι ίδια με τα καραβάνια.

Η ΑΤΕΛΕΙΩΤΗ ΠΟΜΠΗ των ανθρώπων και των ζώων άρχισε πια να βαδίζει πιο γρήγορα. Εκτός από τη σιωπή κατά τη διάρκεια της μέρας, και οι νύχτες –όταν οι άνθρωποι συνήθως συγκεντρώνονταν για να κουβεντιάσουν γύρω από τη φωτιά– γίνονταν όλο και πιο σιωπηλές. Κάποια μέρα, ο αρχηγός του καραβανιού αποφάσισε ότι ούτε φωτιές δε θα άναβαν πια, για να μην τραβάνε την προσοχή.

Στο εξής, λοιπόν, οι ταξιδιώτες σχημάτιζαν έναν κύκλο με τα ζώα και κοιμόνταν όλοι στη μέση, προσπαθώντας να προφυλαχτούν από τη νυχτερινή ψύχρα. Ο αρχηγός τοποθετούσε μια ένοπλη φρουρά γύρω από τον καταυλισμό.

Μια από κείνες τις νύχτες, ο Άγγλος δεν μπορούσε να κοιμηθεί. Φώναξε το αγόρι και άρχισαν τις βόλτες στους αμμόλοφους γύρω από τον καταυλισμό. Ήταν πανσέληνος και το αγόρι διηγήθηκε στον Άγγλο όλη του την ιστορία.

Ο Άγγλος γοητεύτηκε με την πρόοδο του μαγαζιού

από τότε που το αγόρι είχε αρχίσει να δουλεύει εκεί.

– Αυτή είναι η κινητήρια αρχή των πάντων, είπε. Στην αλχημεία τη λένε Ψυχή του Κόσμου. Όταν επιθυμούμε κάτι μ' όλη μας την καρδιά, προσεγγίζουμε πιο πολύ την Ψυχή του Κόσμου. Είναι πάντοτε μια θετική δύναμη.

Είπε επίσης ότι αυτό δεν αποτελεί αποκλειστικό προνόμιο των ανθρώπων: όλα τα πράγματα πάνω στη γη έχουν ψυχή, είτε είναι ορυκτά είτε φυτά είτε ζώα είτε μια απλή σκέψη.

– Το παν, πάνω και κάτω από την επιφάνεια της γης, μεταβάλλεται, γιατί η γη είναι ζωντανό ον· κι έχει μια ψυχή. Εμείς είμαστε ένα μέρος αυτής της ψυχής και σπάνια αντιλαμβανόμαστε ότι λειτουργεί πάντα προς όφελός μας. Πρέπει όμως να καταλάβεις ότι, στο μαγαζί κρυστάλλων, ακόμη και τα βάζα συνεισέφεραν στην επιτυχία σου.

Το αγόρι έμεινε για λίγο σιωπηλό, κοιτάζοντας το φεγγάρι και την άσπρη άμμο.

– Έχω παρατηρήσει το καραβάνι να διασχίζει την έρημο, είπε τελικά. Εκείνο και η έρημος μιλάνε την ίδια γλώσσα, γι' αυτό και του επιτρέπει να τη διασχίσει. Ελέγχει το κάθε του βήμα, για να διαπιστώσει αν είσαι τέλεια συντονισμένο μαζί της· κι αν είσαι, τότε το καραβάνι θα φτάσει στην όαση.

»Αν ένας από μας είχε φτάσει εδώ με πολύ θάρρος αλλά χωρίς να έχει καταλάβει αυτή τη γλώσσα, θα πέθαινε την πρώτη κιόλας μέρα.

Κοιτούσαν συνέχεια το φεγγάρι μαζί.

– Αυτή είναι η μαγεία των σημαδιών, είπε το αγόρι. Έχω παρατηρήσει πως οι οδηγοί διαβάζουν τα σημάδια της ερήμου και πως η ψυχή του καραβανιού κουβεντιάζει με την ψυχή της ερήμου.

Έπειτα από λίγο ήρθε η σειρά του Άγγλου να μιλήσει.

– Πρέπει να δώσω πιο πολλή προσοχή στο καραβάνι, είπε τελικά.

– Κι εγώ πρέπει να διαβάσω τα βιβλία σου, είπε το αγόρι.

Τα βιβλία ήταν πολύ παράξενα. Μιλούσαν για υδράργυρο και αλάτι, για δράκους και βασιλιάδες, αλλά το αγόρι δεν μπορούσε να καταλάβει τίποτε. Στο μεταξύ, μια ιδέα φαινόταν να επαναλαμβάνεται σε όλα σχεδόν τα βιβλία: ότι όλα τα πράγματα είναι εκδηλώσεις ενός και μοναδικού πράγματος.

Σ' ένα από τα βιβλία ανακάλυψε ότι το πιο σημαντικό κείμενο της αλχημείας αποτελούνταν από μερικές

μόνο γραμμές και είχε γραφτεί σε ένα απλό σμαράγδι.
– Πρόκειται για το Σμαραγδένιο Πίνακα, είπε ο Άγγλος, υπερήφανος που μπορούσε να μάθει κάτι στο αγόρι.
– Και τότε γιατί τόσο πολλά βιβλία;
– Για να καταλάβουμε αυτές τις γραμμές, απάντησε ο Άγγλος, όχι και πολύ σίγουρος για την απάντησή του.

Το βιβλίο που πιο πολύ ενδιέφερε το αγόρι διηγιόταν την ιστορία των διάσημων αλχημιστών. Επρόκειτο για ανθρώπους που είχαν αφιερώσει όλη τους τη ζωή στον εξαγνισμό μετάλλων στα εργαστήρια· πίστευαν ότι, αν ένα μέταλλο έβραζε για πολλά χρόνια, στο τέλος θα ελευθερωνόταν απ' όλα τα ατομικά του συστατικά και στη θέση του θα απόμενε μόνο η Ψυχή του Κόσμου. Αυτό το μοναδικό πράγμα θα επέτρεπε στους αλχημιστές να καταλάβουν ό,τι υπήρχε πάνω στη γη, γιατί ήταν η γλώσσα επικοινωνίας των πραγμάτων. Αποκαλούσαν αυτή την ανακάλυψη Μεγάλο Έργο, αποτελούμενο από ένα υγρό μέρος και από ένα στερεό μέρος.
– Δεν αρκεί να παρατηρήσεις τους ανθρώπους και τα σημάδια για να ανακαλύψεις αυτή τη γλώσσα; ρώτησε το αγόρι.

— Έχεις τη μανία ν' απλουστεύεις τα πάντα, απάντησε ο Άγγλος νευριασμένος. Η αλχημεία είναι σοβαρή υπόθεση. Το κάθε της βήμα πρέπει να γίνεται σύμφωνα με τις οδηγίες των δασκάλων.

Το αγόρι ανακάλυψε ότι το υγρό μέρος του μεγάλου έργου ονομαζόταν ελιξήριο μακροζωίας και αυτό το εξιλήριο όχι μόνο θεράπευε όλες τις ασθένειες, αλλά προστάτευε τον αλχημιστή κι από τα γηρατειά. Όσο για το στερεό μέρος λεγόταν φιλοσοφική λίθος.

— Δεν είναι εύκολο να ανακαλύψεις τη φιλοσοφική λίθο, είπε ο Άγγλος. Οι αλχημιστές περνούσαν πολλά χρόνια στα εργαστήρια παρατηρώντας εκείνη τη φωτιά που εξάγνιζε τα μέταλλα. Τόσο πολύ παρατηρούσαν τη φωτιά, που σιγά σιγά άρχιζαν ν' αδιαφορούν για τις ματαιότητες του κόσμου. Ώσπου τελικά, μία ωραία μέρα, ανακάλυψαν ότι ο εξαγνισμός των μετάλλων εξάγνισε και τους ίδιους.

Το αγόρι θυμήθηκε τον έμπορο κρυστάλλων. Είχε πει ότι καλό ήταν που είχαν ξεσκονίσει τα βάζα, γιατί και οι δυο είχαν απαλλαγεί από τις κακές σκέψεις. Ήταν όλο και περισσότερο πεπεισμένος ότι την αλχημεία μπορούσες να τη μάθεις μέρα με τη μέρα.

— Άλλωστε, είπε ο Άγγλος, η φιλοσοφική λίθος έχει μια παράξενη ιδιότητα. Ένα μικρό θρύψαλό της μπορεί να μετατρέψει μεγάλες ποσότητες μετάλλου σε χρυσάφι.

Αυτή η φράση, μεγάλωσε ακόμα περισσότερο το ενδιαφέρον του αγοριού για την αλχημεία. Νόμιζε ότι, με λίγη υπομονή, θα μπορούσε να μετατρέψει τα πάντα σε χρυσάφι. Διάβασε τη βιογραφία μερικών ανθρώπων που το είχαν καταφέρει: του Ελβέτιου, του Ελιάς, του Φουλκανέλι, του Γκεμπέρ. Ήταν συναρπαστικές ιστορίες: όλοι είχαν δοθεί ολόψυχα στον προσωπικό τους μύθο. Ταξίδευαν, συναντούσαν σοφούς, έκαναν θαύματα μπροστά στους επιφυλακτικούς, κατείχαν τη φιλοσοφική λίθο και το ελιξήριο της μακροζωίας.

Όταν όμως προσπάθησε να μάθει τον τρόπο να καταφέρει το μεγάλο έργο, δεν κατάλαβε τίποτα. Όλα ήταν σχέδια, κωδικοποιημένες οδηγίες, δυσκολονόητα κείμενα.

– Γιατί εκφράζονται έτσι στρυφνά; ρώτησε τον Άγγλο κάποια νύχτα. Παρατήρησε επίσης ότι ο Άγγλος φαινόταν στενοχωρημένος, του έλειπαν τα βιβλία του.

– Για να καταλαβαίνουν μόνο όσοι έχουν το αίσθημα ευθύνης, είπε εκείνος. Για φαντάσου όλος ο κόσμος να άρχιζε να μετατρέπει το μολύβι σε χρυσάφι. Σε λίγο, το χρυσάφι δε θα είχε καμιά αξία.

»Μόνο όσοι επιμένουν, μόνο όσοι εξερευνούν πολύ, μόνο αυτοί καταφέρνουν το μεγάλο έργο. Γι' αυτό βρίσκομαι μέσα σ' αυτή την έρημο. Για να συναντήσω έναν αληθινό αλχημιστή, που θα με βοηθήσει να ξεδιαλύνω τους κώδικες.

– Πότε γράφτηκαν αυτά τα βιβλία; ρώτησε το αγόρι.

– Πριν από πολλούς αιώνες.

– Εκείνη την εποχή δεν υπήρχε τυπογραφία, επέμεινε το αγόρι. Δεν υπήρχαν δυνατότητες να μάθουν όλοι για την αλχημεία. Τότε γιατί αυτή η τόσο παράξενη γλώσσα και όλα αυτά τα σχέδια;

Ο Άγγλος δεν απάντησε. Είπε ότι εδώ και πολλές μέρες παρατηρούσε το καραβάνι και δεν είχε ανακαλύψει τίποτε το καινούριο. Το μόνο που είχε προσέξει ήταν ότι τα σχόλια για τον πόλεμο όλο και πλήθαιναν.

Ένα πρωί, το αγόρι επέστρεψε τα βιβλία στον Άγγλο.

– Λοιπόν, έμαθες πολλά πράγματα; ρώτησε ο άλλος, γεμάτος προσδοκία. Είχε ανάγκη να κουβεντιάσει με κάποιον για να διώξει το φόβο του πολέμου.

– Έμαθα ότι ο κόσμος έχει μια ψυχή και όποιος κατανοήσει αυτή την ψυχή θα καταλάβει τη γλώσσα των πραγμάτων. Έμαθα ότι πολλοί αλχημιστές βίωσαν τον Προσωπικό τους Μύθο και στο τέλος ανακάλυψαν την Ψυχή του Κόσμου, τη φιλοσοφική λίθο και το ελιξήριο της μακροζωίας.

»Προπαντός, όμως, έμαθα ότι αυτά τα πράγματα είναι τόσο απλά, που μπορούν να γραφτούν σ' ένα σμαράγδι.

Ο Άγγλος απογοητεύτηκε. Τα χρόνια μελέτης, τα μαγικά σύμβολα, οι δύσκολες λέξεις, τα εργαστηριακά εργαλεία, τίποτε απ' αυτά δεν είχε εντυπωσιάσει το αγόρι. «Η ψυχή του θα είναι μάλλον πάρα πολύ πρωτόγονη, δεν είναι σε θέση να τα καταλάβει», σκέφτηκε.

Πήρε τα βιβλία του και τα φύλαξε μέσα στις βαλίτσες που κρέμονταν απ' την καμήλα.

– Γύρνα πίσω στο καραβάνι σου, είπε. Ούτε κι εγώ έμαθα τίποτε από εκείνο.

Το αγόρι επέστρεψε στην παρατήρηση της σιωπής της ερήμου και της άμμου που σήκωναν τα ζώα. «Ο καθένας μαθαίνει με το δικό του τρόπο», επαναλάμβανε μέσα του. «Ο δικός του τρόπος δεν είναι ο δικός μου και ο δικός μου δεν είναι ο δικός του. Και οι δυο όμως ψάχνουμε για τον Προσωπικό μας Μύθο και γι' αυτό τον σέβομαι».

Από δω και πέρα, το καραβάνι προχωρούσε μέρα νύχτα. Όλη την ώρα έκαναν την εμφάνισή τους οι καλυμμένοι αγγελιαφόροι, και ο καμηλιέρης που είχε γίνει φίλος με το αγόρι εξήγησε ότι είχε ξεσπάσει πόλεμος μεταξύ των φυλών. Θα ήταν τυχεροί αν πρόφταιναν να φτάσουν στην όαση.

Τα ζώα ήταν εξαντλημένα και οι άντρες όλο και πιο σιωπηλοί. Η σιωπή ήταν πιο τρομερή στο παρελθόν τη νύχτα, όταν ένα απλό χλιμίντρισμα καμήλας –που δεν ήταν τίποτε άλλο παρά ένα χλιμίντρισμα καμήλας– προξενούσε σε όλους το φόβο μην τυχόν και ήταν σημάδι εισβολής.

Ο καμηλιέρης όμως δεν έδειχνε να εντυπωσιάζεται πολύ από την απειλή του πολέμου.

– Είμαι ζωντανός, είπε στο αγόρι, τρώγοντας ένα πιάτο χουρμάδες κάποια νύχτα χωρίς φεγγάρι και φωτιές. Ενώ τρώω, δεν κάνω τίποτε άλλο από το να τρώω. Αν βαδίζω, απλώς βαδίζω. Αν πρέπει να πολεμήσω, όποια μέρα κι αν είναι να πεθάνω θα είναι εξίσου καλή.

»Γιατί δε ζω ούτε στο παρελθόν μου ούτε στο μέλλον μου. Έχω μόνο το παρόν, αυτό μ' ενδιαφέρει. Αν μπορείς να μένεις πάντα στο παρόν, θα είσαι ένας ευτυχισμένος άνθρωπος. Θα καταλάβεις ότι στην έρημο υπάρχει ζωή, ότι ο ουρανός έχει αστέρια και ότι οι πολεμιστές πολεμούν γιατί αυτό είναι μέρος της ανθρώπινης φύσης. Η ζωή θα είναι μια γιορτή, ένα μεγάλο πανηγύρι, γιατί είναι πάντα και μόνο η στιγμή που ζούμε.

Δυο νύχτες αργότερα, ενώ ετοιμαζόταν να πέσει για ύπνο, το αγόρι κοίταξε προς το άστρο που ακολουθούσαν τη νύχτα. Του φάνηκε ότι ο ορίζοντας είχε χαμηλώσει λίγο, γιατί πάνω από την έρημο υπήρχαν εκατοντάδες αστέρια.

– Είναι η όαση, είπε ο καμηλιέρης.
– Και γιατί δεν πάμε εκεί αμέσως;
– Γιατί πρέπει να κοιμηθούμε.

Το ΑΓΟΡΙ άνοιξε τα μάτια του όταν ο ήλιος άρχισε να ανεβαίνει στον ορίζοντα. Μπροστά του, εκεί όπου, κατά τη διάρκεια της νύχτας, ήταν τα μικρά αστέρια, εκτεινόταν μια ατέλειωτη σειρά φοινικιών, που κάλυπτε όλο τον ορίζοντα της ερήμου.

– Φτάσαμε! αναφώνησε ο Άγγλος, που μόλις είχε ξυπνήσει κι αυτός.

Το αγόρι όμως παρέμεινε σιωπηλό. Είχε μάθει να αναγνωρίζει τη σιωπή της ερήμου και του αρκούσε να κοιτάζει τις φοινικιές μπροστά του. Είχε ακόμη πολύ δρόμο ως τις πυραμίδες και μια μέρα εκείνο το πρωινό δε θα ήταν παρά ανάμνηση. Τώρα όμως ήταν το παρόν, η γιορτή που είχε πει ο καμηλιέρης, κι αυτός προσπαθούσε να την απολαύσει με τα διδάγματα του παρελθόντος και τα όνειρα του μέλλοντός του. Μια μέρα, εκείνο το θέαμα των χιλιάδων φοινικιών θα ήταν απλή ανάμνηση. Γι' αυτόν, όμως, εκείνη τη στιγμή, σήμαινε σκιά, νερό κι ένα καταφύγιο από τον πόλεμο. Όπως ένα χλιμίντρισμα καμήλας μπορούσε να μετατραπεί σε σήμα κινδύνου, μια σειρά φοινικιών μπορούσε να σημαίνει ένα θαύμα.

«Ο κόσμος μιλά πολλές γλώσσες», σκέφτηκε το αγόρι.

«Όταν ο χρονοσ βαδίζει γρήγορα, τρέχουν τα καραβάνια», σκέφτηκε ο αλχημιστής, βλέποντας εκατοντάδες πρόσωπα και ζώα να καταφτάνουν στην όαση. Ο κόσμος φώναζε πίσω από τους νεοφερμένους, η σκόνη έκρυβε τον ήλιο της ερήμου και τα παιδιά χοροπηδούσαν από χαρά βλέποντας τους ξένους. Ο αλχημιστής πρόσεξε ότι οι αρχηγοί των φυλών πλησίασαν τον αρχηγό του καραβανιού και κουβέντιασαν πολλή ώρα μαζί του.

Όμως τίποτε απ' αυτά δεν ενδιέφερε τον αλχημιστή. Είχε ξαναδεί πολύ κόσμο να καταφτάνει και να αναχωρεί, ενώ η όαση και η έρημος παρέμεναν αμετάβλητες. Είχε δει βασιλιάδες και ζητιάνους να πατούν εκείνη την άμμο, που όλο άλλαζε μορφή εξαιτίας του ανέμου, ήταν όμως η ίδια που είχε γνωρίσει από μικρό παιδί. Όπως κι αν ήταν, όμως, δεν μπορούσε να κρύψει, βαθιά στην καρδιά του, λίγη από τη χαρά της ζωής που αισθανόταν κάθε ταξιδιώτης όταν, μετά το κίτρινο χώμα της άμμου και τον μπλε ουρανό, εμφανιζόνταν μπροστά στα μάτια του το πράσινο των φοινικιών. «Μπορεί ο Θεός να δημιούργησε την έρημο, για να μπορεί να χαίρεται ο άνθρωπος βλέποντας τις φοινικιές», σκέφτηκε εκείνος.

Κατόπιν στράφηκε σε πιο πρακτικά ζητήματα. Ήξερε ότι μ' εκείνο το καραβάνι θα ερχόταν ο άνθρωπος στον οποίο επρόκειτο να διδάξει μέρος των μυστικών του. Τα σημάδια τού το είχαν ανακοινώσει. Ακόμη δε γνώριζε εκείνο τον άνθρωπο, αλλά τα έμπειρά του μάτια θα τον αναγνώριζαν μόλις τον αντίκριζαν. Μακάρι να ήταν κάποιος τόσο ικανός όσο ο προηγούμενος μαθητευόμενός του.

«Δεν καταλαβαίνω γιατί αυτά τα πράγματα πρέπει να μεταδίδονται από το στόμα στο αφτί», σκεφτόταν. Δε συνέβαινε επειδή αυτά τα πράγματα ήταν πραγματικά μυστικά· ο Θεός αποκάλυπτε γενναιόδωρα τα μυστικά του σε όλα τα πλάσματα.

Μόνο μια εξήγηση υπήρχε για το γεγονός αυτό: τα πράγματα έπρεπε να μεταδίδονται μ' αυτό τον τρόπο, γιατί είχαν φτιαχτεί μάλλον από τη ζωή στην καθαρή μορφή της και μια τέτοιου είδους ζωή δύσκολα αποδίδεται με ζωγραφιές ή λέξεις.

Γιατί οι άνθρωποι γοητεύονται από τη ζωγραφική και τις λέξεις και στο τέλος ξεχνάνε τη Γλώσσα του Κόσμου.

Οι νεοφερμενοι οδηγήθηκαν αμέσως στους αρχηγούς των φυλών της Αλ-Φαγιούμ. Το αγόρι δεν πίστευε στα μάτια του: αντί ν' αποτελείται από ένα πηγάδι περικυκλωμένο από φοινικιές –όπως είχε διαβάσει κάποια φορά σ' ένα βιβλίο παραμυθιών– η όαση ήταν πολύ μεγαλύτερη κι από μερικά χωριά της Ισπανίας. Είχε τριακόσια πηγάδια, πενήντα χιλιάδες φοινικιές με πολλές σκόρπιες πολύχρωμες σκηνές ανάμεσά μας.

– Θυμίζει τις *Χίλιες και Μία Νύχτες*, είπε ο Άγγλος, που ανυπομονούσε να συναντήσει τον αλχημιστή.

Αμέσως τους περικύκλωσαν τα παιδιά, που κοιτούσαν με περιέργεια τα ζώα, τις καμήλες και τους ανθρώπους που κατέφταναν. Οι άντρες ήθελαν να μάθουν αν είχαν δει καμιά μάχη και οι γυναίκες φιλονικούσαν μεταξύ τους για τα υφάσματα και τους λίθους που είχαν φέρει οι έμποροι. Η σιωπή της ερήμου φαινόταν ένα μακρινό όνειρο· οι άνθρωποι μιλούσαν ασταμάτητα, γελούσαν και φώναζαν, σαν να είχαν μόλις βγει από έναν κόσμο πνευμάτων για να ξαναβρεθούν ανάμεσα στους ανθρώπους. Ήταν ευτυχισμένοι και χαρούμενοι.

Μετά τις προφυλάξεις των προηγούμενων ημερών ο καμηλιέρης εξήγησε στο αγόρι ότι στην έρημο οι οάσεις θεωρούνταν πάντα ουδέτερο έδαφος, γιατί οι περισσότεροι κάτοικοί τους ήταν γυναικόπαιδα. Και τα δύο αντιμαχόμενα στρατόπεδα είχαν οάσεις· έτσι, οι πολεμιστές πολεμούσαν στην άμμο της ερήμου και κρατούσαν τις οάσεις σαν καταφύγιο.

Ο αρχηγός του καραβανιού κατάφερε με κάποια δυσκολία να τους συγκεντρώσει όλους κι άρχισε να δίνει οδηγίες. Θα έμεναν εκεί ώσπου να τελειώσει ο πόλεμος μεταξύ των φυλών. Επειδή ήταν επισκέπτες, θα φιλοξενούνταν στις σκηνές των κατοίκων της όασης, οι οποίοι θα τους παραχωρούσαν τις καλύτερες θέσεις. Ήταν η καθιερωμένη από το νόμο φιλοξενία. Στη συνέχεια, παρακάλεσε όλους, συμπεριλαμβανομένων και των δικών του φρουρών, να παραδώσουν τα όπλα στους άντρες που είχαν καθοριστεί από τους αρχηγούς των φυλών.

– Είναι οι κανόνες του πολέμου, εξήγησε ο αρχηγός του καραβανιού. Μ' αυτό τον τρόπο δε γίνονται οι οάσεις καταφύγιο στρατού ή πολεμιστών.

Προς μεγάλη του έκπληξη, το αγόρι είδε τον Άγγλο

Ο ΑΛΧΗΜΙΣΤΗΣ

να βγάζει ένα περίστροφο επενδυμένο με χρώμιο από το σακάκι του και να το παραδίδει στον άνθρωπο που μάζευε τα όπλα.

– Τι το θέλατε το περίστροφο; ρώτησε.

– Με βοηθάει να εμπιστεύομαι τους ανθρώπους, απάντησε ο Άγγλος. Χαιρόταν που η αναζήτησή του είχε τελειώσει.

Το αγόρι όμως σκεφτόταν το θησαυρό του. Όσο πιο πολύ πλησίαζε στο όνειρό του, τόσο πιο δύσκολα γίνονταν τα πράγματα. Δεν υπήρχε πια αυτό που ο γέρος βασιλιάς είχε αποκαλέσει «τύχη του πρωτάρη». Τώρα πια, το ήξερε, αντιμετώπιζε τη δοκιμασία της επιμονής και του θάρρους όσων ψάχνουν για τον Προσωπικό τους Μύθο. Γι' αυτό, δεν έπρεπε ούτε να βιαστεί ούτε να χάσει την υπομονή του, αλλιώς δε θα έβλεπε τελικά τα σημάδια που ο Θεός είχε βάλει στο δρόμο του.

«Που ο Θεός έβαλε στο δρόμο μου», σκέφτηκε το αγόρι και απόρησε με τον ίδιο τον εαυτό του. Μέχρι εκείνη τη στιγμή θεωρούσε τα σημάδια σαν κάτι το επίγειο. Σαν να τρως ή να κοιμάσαι, κάτι σαν να ψάχνεις μια αγάπη ή να βρίσκεις μια δουλειά. Ποτέ δεν είχε σκεφτεί ότι επρόκειτο για την ειδική γλώσσα του Θεού, που του έδειχνε τι να κάνει.

«Μη χάσεις την υπομονή σου», επανέλαβε το αγόρι στον εαυτό του. «Όπως είπε ο καμηλιέρης, να τρως την ώρα του φαγητού. Και να βαδίζεις την ώρα του βαδίσματος».

Την πρώτη μέρα όλοι κοιμήθηκαν εξαντλημένοι, ακόμη και ο Άγγλος. Το αγόρι έμενε μακριά από κείνον, σε μια σκηνή με άλλα πέντε αγόρια της ίδιας σχεδόν ηλικίας. Ήταν άνθρωποι της ερήμου και ήθελαν να μάθουν ιστορίες για τις μεγάλες πόλεις.

Το αγόρι μίλησε για τη ζωή του ως βοσκού, κι εκεί που πήγαινε να διηγηθεί την εμπειρία του στο μαγαζί κρυστάλλων, μπήκε ο Άγγλος στη σκηνή.

– Σ' έψαχνα όλο το πρωί, είπε οδηγώντας το αγόρι έξω. Χρειάζομαι τη βοήθειά σου για να βρω πού μένει ο αλχημιστής.

Στην αρχή προσπάθησαν να τον βρουν μόνοι τους. Ένας αλχημιστής θα είχε διαφορετικό τρόπο ζωής από τους άλλους ανθρώπους της όασης και κατά πάσα πιθανότητα στη σκηνή του θα υπήρχε ένας μόνιμα αναμμένος φούρνος. Βάδισαν αρκετά, ώσπου πείστηκαν ότι η όαση ήταν μεγαλύτερη απ' ό,τι είχαν φανταστεί, με εκατοντάδες σκηνές.

- Χάσαμε σχεδόν όλη τη μέρα, είπε ο Άγγλος και κάθισε με το αγόρι δίπλα σ' ένα από τα πηγάδια της όασης.

- Μήπως είναι καλύτερα να ρωτήσουμε; είπε το αγόρι.

Ο Άγγλος δεν ήθελε να γίνει αντιληπτή η παρουσία του στην όαση και ήταν διστακτικός. Τελικά όμως συμφώνησε και παρακάλεσε το αγόρι να το κάνει, επειδή εκείνο μιλούσε καλύτερα τα αραβικά. Το αγόρι πήγε κοντά σε μια γυναίκα που είχε πλησιάσει το πηγάδι για να γεμίσει με νερό ένα ασκί.

- Καλησπέρα, κυρία μου. Θα ήθελα να μάθω πού ζει ένας αλχημιστής σ' αυτή την όαση, ρώτησε το αγόρι.

Η γυναίκα είπε ότι δεν είχε ποτέ ξανακούσει για κάτι τέτοιο κι έφυγε αμέσως. Προηγουμένως, όμως, προειδοποίησε το αγόρι ότι δεν έπρεπε να μιλήσει με μαυροντυμένες γυναίκες, γιατί ήταν παντρεμένες. Όφειλε να σεβαστεί την παράδοση.

Ο Άγγλος ήταν τρομερά απογοητευμένος. Είχε κάνει όλο εκείνο το ταξίδι για το τίποτε. Και το αγόρι στενοχωρήθηκε: έψαχνε και ο σύντροφός του για τον Προσωπικό του Μύθο. Κι όταν κάποιος το κάνει αυτό, όλο το σύμπαν βοηθάει στο να γίνει αυτό που επιθυμεί, είχε πει ο γέρος βασιλιάς. Αποκλείεται να είχε κάνει λάθος.

– Εγώ δεν είχα ξανακούσει για αλχημιστές, είπε το αγόρι. Αλλιώς θα προσπαθούσα να σε βοηθήσω.

Μια αστραπή πέρασε από το βλέμμα του Άγγλου.

– Αυτό είναι! Ίσως να μην ξέρει κανείς εδώ τι θα πει αλχημιστής! Ρώτα για τον άνθρωπο που θεραπεύει όλες τις αρρώστιες του χωριού.

Μερικές μαυροντυμένες γυναίκες ήρθαν να πάρουν νερό από το πηγάδι, αλλά το αγόρι δεν τους απηύθυνε το λόγο, παρά την επιμονή του Άγγλου. Τελικά, πλησίασε ένας άντρας.

– Ξέρετε κανέναν που να θεραπεύει τις αρρώστιες του χωριού; ρώτησε το αγόρι.

– Ο Αλάχ θεραπεύει όλες τις αρρώστιες, είπε ο άντρας, φανερά τρομοκρατημένος από τους ξένους. Εσείς ψάχνετε για μάγους.

Κι αφού απήγγειλε μερικούς στίχους του Κορανίου, τράβηξε το δρόμο του.

Εμφανίστηκε ένας άλλος άντρας. Ήταν πιο ηλικιωμένος και κρατούσε μόνο ένα μικρό κουβά. Το αγόρι επανέλαβε την ερώτηση.

– Γιατί θέλετε να γνωρίσετε έναν τέτοιο άνθρωπο; απάντησε ο Άραβας με άλλη ερώτηση.

– Γιατί ο φίλος μου ταξίδεψε πολλούς μήνες για να τον συναντήσει, είπε το αγόρι.

– Αν αυτός ο άνθρωπος υπάρχει στην όαση, θα πρέπει να είναι πολύ ισχυρός, είπε ο γέρος, αφού έμεινε για λίγο σκεφτικός. Ούτε οι αρχηγοί των φυλών θα κατάφερναν να τον δουν. Μόνο όταν θα το όριζε ο ίδιος. Περιμένετε ώσπου να τελειώσει ο πόλεμος. Και τότε να φύγετε με το καραβάνι. Μην προσπαθείτε να εισχωρήσετε στη ζωή της όασης, συμπλήρωσε φεύγοντας.

Ο Άγγλος όμως ενθουσιάστηκε. Βρισκόταν στα ίχνη του.

Τελικά, εμφανίστηκε μια κοπέλα που δεν ήταν ντυμένη στα μαύρα. Κουβαλούσε μια στάμνα στον ώμο και το κεφάλι της ήταν καλυμμένο μ' ένα πέπλο· όμως το πρόσωπό της ήταν ακάλυπτο. Το αγόρι πλησίασε για να τη ρωτήσει για τον αλχημιστή.

Λες ότι ο χρόνος σταμάτησε και η Ψυχή του Κόσμου εμφανίστηκε ορμητικά μπροστά στο αγόρι. Όταν κοίταξε τα μαύρα της μάτια, τα χείλη της, που ταλαντευόταν μεταξύ χαμόγελου και σιωπής, αντιλήφθηκε το πιο σημαντικό και πιο σοφό μέρος της γλώσσας που μιλούσε ο κόσμος και που όλοι οι άνθρωποι πάνω στη γη μπορούσαν να αισθάνονται στην καρδιά τους. Ονομαζόταν αγάπη και ήταν πιο αρχαία κι απ' τους ανθρώπους κι από την ίδια την έρημο και που παρ' όλα αυτά θα ξαναεμφανιζόταν πάντα με την ίδια ορμή, οπουδήποτε δυο βλέμματα συναντιόνταν, όπως είχαν συναντηθεί εκείνα τα δυο βλέμματα μπροστά σ' ένα πηγάδι. Τελικά, τα δυο χείλη αποφάσισαν να χαμογελάσουν κι αυτό ήταν ένα σημάδι, το σημάδι που εκείνος περίμενε στη ζωή του εδώ και τόσο καιρό, χωρίς να το ξέρει, που το είχε αναζητήσει στα πρόβατα και στα βιβλία, στα κρύσταλλα και στη σιωπή της ερήμου.

Μπροστά του ήταν η γνήσια Γλώσσα του Κόσμου, χωρίς εξηγήσεις, γιατί το σύμπαν δε χρειαζόταν εξηγήσεις για να συνεχίσει την πορεία του στο απέραντο διάστημα. Εκείνη τη στιγμή, το αγόρι κατάλαβε ένα και μόνο πράγμα, ότι βρισκόταν μπροστά στη γυναίκα της ζωής του και ότι μάλλον το ήξερε κι εκείνη χωρίς να χρειάζεται να της το πει. Για τίποτε στον κόσμο δεν ήταν τόσο σίγουρος, έστω κι αν έλεγαν οι γονείς του και οι γονείς των γονιών του ότι πρέπει κανείς να έχει ένα δεσμό, να αρραβωνιαστεί, να γνωρίσει τον άλλο και να έχει λεφτά πριν παντρευτεί. Όποιος τα έλεγε αυτά μάλλον δε θα είχε γνωρίσει ποτέ την παγκόσμια γλώσσα, γιατί, όταν βυθίζεται κανείς σ' αυτή, είναι εύκολο να συμπεράνει ότι υπάρχει πάντα στον κόσμο ένας άνθρωπος που περιμένει έναν άλλο, είτε αυτό γίνεται μέσα στην έρημο είτε στις μεγάλες πόλεις. Κι όταν συναντιούνται και ανταλλάζουν βλέμματα, το παρελθόν και το μέλλον χάνουν τη σημασία τους και το μόνο που υπάρχει εκείνη τη στιγμή είναι αυτή η απίστευτη βεβαιότητα ότι τα πάντα κάτω από τον ήλιο γράφτηκαν από το ίδιο Χέρι. Το Χέρι που γεννάει την αγάπη και δημιουργεί μια δίδυμη ψυχή για τον κάθε άνθρωπο που εργάζεται, ξεκουράζεται και ψάχνει θησαυρούς κάτω από τον ήλιο. Γιατί, χωρίς αυτό, τα όνειρα της ανθρώπινης φύσης δε θα είχαν κανένα νόημα.

«*Μακτούμπ*», σκέφτηκε το αγόρι.

Ο Άγγλος σηκώθηκε από τη θέση του και σκούντησε το αγόρι.

– Έλα, ρώτα τη!

Το αγόρι πλησίασε την κοπέλα. Εκείνη χαμογέλασε ξανά. Κι εκείνος χαμογέλασε.

– Πώς σε λένε; ρώτησε.

– Με λένε Φατιμά, είπε η κοπέλα χαμηλώνοντας το βλέμμα της.

– Τέτοιο όνομα έχουν και μερικές γυναίκες στη χώρα απ' όπου έρχομαι.
– Έτσι λέγεται η κόρη του προφήτη, είπε η Φατιμά. Οι πολεμιστές μας πήγαν εκεί αυτό το όνομα.
Η ευγενική κοπέλα μιλούσε με περηφάνια για τους πολεμιστές. Δίπλα της ο Άγγλος επέμενε και το αγόρι ρώτησε για τον άνθρωπο που θεράπευε όλες τις αρρώστιες.
– Είναι ένας άνθρωπος που γνωρίζει τα μυστικά του κόσμου. Συζητά με τα *τζίνι* της ερήμου, είπε εκείνη.
Τα *τζίνι* ήταν οι δαίμονες. Και η κοπέλα έδειξε προς το νότο, προς το μέρος όπου κατοικούσε εκείνος ο παράξενος άνθρωπος.
Μετά γέμισε τη στάμνα της κι έφυγε. Έφυγε κι ο Άγγλος σε αναζήτηση του αλχημιστή. Και το αγόρι κάθισε πολλή ώρα ακόμη δίπλα στο πηγάδι, βυθισμένο σε σκέψεις: ότι μια μέρα ο λεβάντες είχε αφήσει στο πρόσωπό του το άρωμα εκείνης της γυναίκας, ότι την αγαπούσε πριν μάθει την ύπαρξή της κι ότι η αγάπη του για εκείνη θα τον ωθούσε να βρει όλους τους θησαυρούς του κόσμου.

Την επομένη, το αγόρι ξαναπήγε στο πηγάδι για να συναντήσει την κοπέλα. Προς μεγάλη του έκπληξη, βρήκε εκεί και τον Άγγλο, ο οποίος, για πρώτη φορά, αγνάντευε την έρημο.

– Περίμενα όλο το απόγευμα και τη νύχτα, είπε ο Άγγλος. Εκείνος έφτασε με τα πρώτα αστέρια. Του εξήγησα τι αναζητούσα. Εκείνος με ρώτησε αν είχα ξαναμετατρέψει μολύβι σε χρυσάφι. Εγώ είπα ότι αυτό ακριβώς ήθελα να μάθω. Μου είπε να προσπαθήσω. Αυτό ήταν όλο: «Πήγαινε να προσπαθήσεις».

Το αγόρι δε μίλησε. Ο Άγγλος είχε κάνει ένα τόσο μεγάλο ταξίδι για ν' ακούσει αυτό που ήδη ήξερε. Τότε θυμήθηκε ότι κι εκείνο για τον ίδιο λόγο είχε δώσει έξι πρόβατα στο γέρο βασιλιά.

– Να προσπαθήσεις, λοιπόν, είπε στον Άγγλο.

– Αυτό θα κάνω. Και θ' αρχίσω από τώρα.

Ο Άγγλος έφυγε· σε λίγο έφτασε η Φατιμά για να γεμίσει τη στάμνα της.

– Ήρθα να σου πω ένα πολύ απλό πράγμα, είπε το αγόρι. Θέλω να γίνεις γυναίκα μου. Σ' αγαπώ.

Η κοπέλα άφησε τη στάμνα της να ξεχειλίσει.

– Θα σε περιμένω εδώ κάθε μέρα. Διέσχισα την έρημο σε αναζήτηση ενός θησαυρού που βρίσκεται κοντά στις πυραμίδες. Ο πόλεμος ήταν για μένα κατάρα. Τώρα όμως είναι ευλογία, γιατί με κρατά κοντά σου.

– Ο πόλεμος θα τελειώσει μια μέρα, είπε η κοπέλα.
Το αγόρι κοίταξε τις φοινικιές της ερήμου. Κάποτε ήταν βοσκός. Κι εκεί υπήρχαν πολλά πρόβατα. Η Φατιμά ήταν πιο σημαντική κι απ' το θησαυρό.
– Οι πολεμιστές ψάχνουν για τους θησαυρούς τους, είπε η κοπέλα, σαν να μάντευε τις σκέψεις του αγοριού. Και οι γυναίκες της ερήμου είναι περήφανες για τους πολεμιστές τους.
Πήρε τη γεμάτη στάμνα κι έφυγε.

Το αγόρι πήγαινε στο πηγάδι κάθε μέρα για να συναντήσει τη Φατιμά. Της είπε για τη ζωή του όταν ήταν βοσκός, για το βασιλιά, για το μαγαζί κρυστάλλων. Έγιναν φίλοι και, εκτός από τα δεκαπέντε λεπτά που περνούσε μαζί της, η υπόλοιπη μέρα τού φαινόταν ατέλειωτη.
Αφού είχε περάσει σχεδόν ένας μήνας στην όαση, ο αρχηγός του καραβανιού τούς κάλεσε όλους για μια συνέλευση.
– Δεν ξέρουμε πότε θα τελειώσει ο πόλεμος και δεν μπορούμε να συνεχίσουμε το ταξίδι, είπε. Οι μάχες μάλλον θα συνεχιστούν για πολύ καιρό ακόμη, ίσως και για χρόνια. Και στις δύο πλευρές υπάρχουν δυνατοί και θαρραλέοι πολεμιστές, και για τους δύο στρατούς η μάχη εί-

ναι ζήτημα τιμής. Δεν πρόκειται για έναν πόλεμο μεταξύ καλών και κακών αλλά για έναν πόλεμο μεταξύ δυνάμεων που παλεύουν για την ίδια εξουσία, κι όταν αρχίζει μια τέτοιου είδους διαμάχη, κρατά πιο πολύ από τις άλλες, γιατί ο Αλάχ είναι και με τις δυο πλευρές.

Ο κόσμος διασκορπίστηκε. Το ίδιο απόγευμα, το αγόρι ξανασυνάντησε τη Φατιμά και της είπε για τη συνέλευση.

— Τη δεύτερη μέρα που συναντηθήκαμε, είπε η Φατιμά, μου μίλησες για την αγάπη σου. Αργότερα μου έμαθες ωραία πράγματα, σαν τη Γλώσσα και την Ψυχή του Κόσμου. Με όλα αυτά γίνομαι σιγά σιγά ένα μέρος από σένα.

Το αγόρι άκουγε τη φωνή της και την έβρισκε πιο ωραία κι από το θρόισμα στα κλαδιά των φοινικιών.

— Πέρασε πολύς καιρός από τότε που σε πρωτοσυνάντησα κοντά σ' αυτό το πηγάδι. Δεν μπορώ να θυμηθώ το παρελθόν μου, την παράδοση, τον τρόπο που οι άντρες θέλουν να συμπεριφέρονται οι γυναίκες της ερήμου. Από μικρό παιδί ονειρευόμουνα ότι η έρημος θα μου 'φερνε το μεγαλύτερο δώρο της ζωής μου. Αυτό το δώρο έφτασε τελικά και είσαι εσύ.

Το αγόρι σκέφτηκε να της αγγίξει το χέρι. Η Φατιμά κρατούσε όμως τα χερούλια της στάμνας.

– Μου μίλησες για τα όνειρά σου, για το γέρο βασιλιά και για το θησαυρό. Μου μίλησες για τα σημάδια. Δε φοβάμαι λοιπόν τίποτε, γιατί αυτά τα σημάδια σε έφεραν. Είμαι και εγώ μέρος του ονείρου σου, του Προσωπικού Μύθου σου, όπως συνηθίζεις να λες.

»Γι' αυτό θέλω να επιμείνεις στο στόχο σου. Αν αναγκαστείς να περιμένεις μέχρι το τέλος του πολέμου, έχει καλώς. Αν όμως πρέπει να φύγεις πιο νωρίς, προχώρα προς το μύθο σου. Οι αμμόλοφοι αλλάζουν μορφή με τον άνεμο, αλλά η έρημος παραμένει αμετάβλητη. Το ίδιο θα γίνει με την αγάπη μας.

»*Μακτούμπ*, είπε. Αν πραγματικά είμαι μέρος του μύθου σου, θα επιστρέψεις μια μέρα.

Το ΑΓΟΡΙ έφυγε στενοχωρημένο από τη συνάντηση με τη Φατιμά. Θυμήθηκε πολλούς ανθρώπους που είχε γνωρίσει. Οι παντρεμένοι βοσκοί με δυσκολία έπειθαν τις γυναίκες τους ότι έπρεπε να περιδιαβαίνουν τους κάμπους. Η αγάπη απαιτούσε να είσαι δίπλα στο αγαπημένο πρόσωπο.

Την επομένη τα διηγήθηκε όλα αυτά στη Φατιμά.

– Η έρημος παίρνει τους άντρες μας και δεν τους φέρνει πάντα πίσω, είπε εκείνη. Κι εμείς το παίρνουμε απόφαση. Κι από μια στιγμή και πέρα εκείνοι υπάρχουν στα χωρίς βροχή σύννεφα, στα ζώα που κρύβονται στις πέτρες, στο νερό που αναβλύζει γενναιόδωρα από τη γη. Γίνονται ένα μέρος των πάντων, γίνονται η Ψυχή του Κόσμου.

»Μερικοί επιστρέφουν. Και τότε όλες οι άλλες γυναίκες χαίρονται, γιατί μπορεί και οι άντρες που περιμένουν να επιστρέψουν κάποια μέρα. Στην αρχή έβλεπα αυτές τις γυναίκες και ζήλευα την ευτυχία τους. Τώρα, κι εγώ θα περιμένω κάποιον.

»Είμαι γυναίκα της ερήμου και αισθάνομαι υπερήφανη γι' αυτό. Κι εγώ θέλω τον άντρα μου να βαδίζει ελεύθερα σαν τον άνεμο που μετακινεί τους αμμόλοφους. Θέλω επίσης να μπορώ να βλέπω τον άντρα μου στα σύννεφα, στα ζώα και στο νερό.

Το αγόρι πήγε και βρήκε τον Άγγλο. Ήθελε να του πει για τη Φατιμά. Ξαφνιάστηκε όταν είδε ότι ο Άγγλος είχε φτιάξει ένα μικρό φούρνο δίπλα στη σκηνή του. Ήταν ένας παράξενος φούρνος, μ' ένα διαφανές δοχείο επάνω. Ο Άγγλος τροφοδοτούσε το φούρνο με ξύλα και κοιτούσε την έρημο. Τα μάτια του έλαμπαν πιο πολύ από τότε που περνούσε όλη την ώρα διαβάζοντας βιβλία.

– Αυτό είναι το πρώτο στάδιο της εργασίας μου, είπε ο Άγγλος. Πρέπει να απομονώσω το ακάθαρτο θειάφι. Για να γίνει αυτό, πρέπει να μη φοβάμαι την αποτυχία. Ο φόβος της αποτυχίας ήταν αυτό που μέχρι σήμερα μ' εμπόδιζε να τολμήσω το μεγάλο έργο. Μόνο τώρα αρχίζω κάτι που θα μπορούσα να το είχα αρχίσει πριν από δέκα χρόνια. Είμαι ευτυχής όμως που δεν περίμενα είκοσι χρόνια γι' αυτό.

Και συνέχισε να τροφοδοτεί τη φωτιά και να κοιτάζει την έρημο. Το αγόρι έμεινε κοντά του για λίγο, μέχρι που η έρημος άρχισε να κοκκινίζει από το φως του δειλινού. Αισθάνθηκε τότε μια ακατανίκητη επιθυμία να πάει προς τα εκεί, μήπως και μπορούσε η σιωπή να δώσει απάντηση στα ερωτήματά του.

Βάδισε στην τύχη για λίγο, χωρίς να χάσει τις φοινικιές της όασης από τα μάτια. Αφουγκραζόταν τον άνεμο και αισθανόταν τις πέτρες κάτω από τα πόδια του. Πότε πότε συναντούσε κάποιο βράχο και τότε καταλάβαινε ότι στα πολύ παλιά χρόνια εκείνη η έρημος ήταν μια μεγάλη θάλασσα. Κάθισε μετά πάνω σε μια πέτρα και αφέθηκε στη μαγεία του ορίζοντα μπροστά του. Δεν μπορούσε να εννοήσει την αγάπη χωρίς το αίσθημα της κατοχής· η Φατιμά ήταν όμως γυναίκα της ερήμου και, αν κάτι μπορούσε να τον βοηθήσει να καταλάβει, αυτό ήταν η έρημος.

Έμεινε εκεί χωρίς σκέψεις, μέχρι που αντιλήφθηκε μια κίνηση πάνω από το κεφάλι του. Κοιτάζοντας τον ουρανό είδε δυο γεράκια που πετούσαν πολύ ψηλά.

Το αγόρι άρχισε να παρατηρεί τα γεράκια και τους ελιγμούς τους στον ουρανό. Οι γραμμές που σχημάτιζαν πετώντας φαίνονταν ακατανόητες κι όμως για το αγόρι είχαν κάποιο νόημα. Απλούστατα δεν μπορούσε να το συλλάβει. Αποφάσισε λοιπόν ότι έπρεπε να παρακολουθήσει με το βλέμμα την κίνηση των πουλιών, μήπως και βγάλει κάποιο συμπέρασμα. Ίσως να του εξηγούσε η έρημος τη χωρίς κατοχή αγάπη.

Αισθάνθηκε να νυστάζει. Η καρδιά του παρακαλούσε να μην τον πάρει ο ύπνος, έπρεπε να συγκεντρωθεί. Εισχωρούσε στη γλώσσα του κόσμου, όπου όλα έχουν ένα νόημα, ακόμη και το πέταγμα των γερακιών, σκέφτηκε. Και τη στιγμή εκείνη ευχαριστήθηκε που ήταν γεμάτος αγάπη για μια γυναίκα. «Όταν αγαπά κανείς, τα πράγματα αποκτούν ακόμη μεγαλύτερο νόημα», σκέφτηκε.

Ξαφνικά, το ένα γεράκι έκανε μια γρήγορη βουτιά στον ουρανό και επιτέθηκε στο άλλο. Όταν έγινε αυτή η κίνηση, από το μυαλό του αγοριού πέρασε σαν αστραπή μια εικόνα: ενός στρατού με γυμνά σπαθιά που κάνει εισβολή στην όαση. Η εικόνα έσβησε αμέσως, αλλά τον αναστάτωσε. Είχε ακούσει για τους αντικατοπτρισμούς και ήδη είχε δει μερικούς: ήταν επιθυμίες που μορφοποιούνταν πάνω στην άμμο της ερήμου. Κι όμως, αυτός δεν επιθυμούσε να εισβάλει ένας στρατός στην όαση.

Σκέφτηκε να τα ξεχάσει όλα αυτά και να αφεθεί ξανά στις σκέψεις του. Προσπάθησε να ξανασυγκεντρωθεί στη ροδόχρωμη έρημο και στις πέτρες. Κι όμως, κάτι στην καρδιά του δεν τον άφηνε να ησυχάσει.

Με μεγάλη δυσκολία βγήκε από την κατάσταση έκστασης. Σηκώθηκε κι άρχισε να βαδίζει προς τις φοινικιές. Ακόμη μια φορά καταλάβαινε τις πολλές γλώσσες των πραγμάτων: τώρα η έρημος σήμαινε ασφάλεια, ενώ η όαση είχε μετατραπεί σε κίνδυνο.

Ο καμηλιέρης καθόταν κάτω από μια φοινικιά, κοιτάζοντας κι αυτός το ηλιοβασίλεμα. Είδε το αγόρι να εμφανίζεται πίσω από έναν αμμόλοφο.
 – Ένας στρατός μάς πλησιάζει, είπε εκείνο. Είδα ένα όραμα.
 – Η έρημος γεμίζει οράματα την καρδιά του ανθρώπου, απάντησε ο καμηλιέρης.
 Το αγόρι όμως του είπε για τα γεράκια: εκεί που παρακολουθούσε το πέταγμά τους, είχε βυθιστεί ξαφνικά στην Ψυχή του Κόσμου.
 Ο καμηλιέρης δεν κουνήθηκε· καταλάβαινε τι εννοούσε το αγόρι. Ήξερε ότι οτιδήποτε πάνω στη γη μπορεί να διηγηθεί την ιστορία όλων των πραγμάτων. Οποιοσδήποτε άνοιγε ένα βιβλίο, τυχαία, σε οποιαδήποτε σελίδα, ή «διάβαζε» τα χέρια των ανθρώπων ή τα χαρτιά της τράπουλας ή το πέταγμα των πουλιών ή οτιδήποτε άλλο θα έβρισκε πάντα κάποιο συνδετικό κρίκο με τα όσα συμβαίνουν. Στην πραγματικότητα, δε φανέ-

ρωναν τίποτε τα πράγματα· οι άνθρωποι, παρατηρώντας τα πράγματα, ανακάλυπταν τον τρόπο να διεισδύσουν στην Ψυχή του Κόσμου.

Η έρημος ήταν γεμάτη από ανθρώπους που κέρδιζαν το ψωμί τους επειδή μπορούσαν να διεισδύσουν εύκολα στην Ψυχή του Κόσμου. Ήταν γνωστοί σαν μάντεις και τους σέβονταν οι γυναίκες και οι γέροι. Οι πολεμιστές σπάνια τους αναζητούσαν, γιατί είναι αδύνατο να λάβεις μέρος σε μια μάχη αν ξέρεις ότι θα πεθάνεις. Οι πολεμιστές προτιμούσαν τη γεύση της μάχης και τη συγκίνηση του άγνωστου· το μέλλον είχε γραφτεί από τον Αλάχ και οτιδήποτε είχε γράψει Εκείνος ήταν πάντα για το καλό του ανθρώπου. Οι πολεμιστές, λοιπόν, ζούσαν πάντα το παρόν, γιατί το παρόν ήταν γεμάτο εκπλήξεις κι εκείνοι έπρεπε να προσέχουν πολλά πράγματα: πού ήταν το σπαθί του εχθρού, πού ήταν το άλογό του, ποιο ήταν το επόμενο χτύπημα που θα τους έσωζε τη ζωή.

Ο καμηλιέρης όμως δεν ήταν πολεμιστής και ήδη είχε επισκεφτεί μερικούς μάντεις. Πολλοί είχαν πει σωστά πράγματα, άλλοι είχαν πει λανθασμένα. Μέχρι που ένας απ' αυτούς, ο πιο ηλικιωμένος (και ο πιο σεβαστός), είχε ρωτήσει τον καμηλιέρη για ποιο λόγο ενδιαφερόταν τόσο να μάθει το μέλλον.

– Για να προλάβω να κάνω κάτι, απάντησε ο καμηλιέρης. Και ν' αποτρέψω αυτά που δε θα ήθελα να συμβούν.

– Τότε θα σταματήσει να είναι το μέλλον σου, απάντησε ο μάντης.

– Μπορεί τότε να θέλω να μάθω για το μέλλον για να προετοιμαστώ για όσα θα συμβούν.

– Αν πρόκειται για καλά πράγματα, θα είναι μια ευχάριστη έκπληξη, είπε ο μάντης. Αν πρόκειται για άσχημα πράγματα, θα υποφέρεις πολύ πριν συμβούν.

– Θέλω να μάθω το μέλλον γιατί είμαι άντρας, είπε ο καμηλιέρης στο μάντη. Και οι άντρες ζουν λαμβάνοντας υπόψη τους το μέλλον.

Ο μάντης έμεινε για λίγο σιωπηλός. Ήταν ειδικός στο να ερμηνεύει τους οιωνούς σύμφωνα με τη μορφή που σχημάτιζαν μικρά κλαράκια καθώς τα πετούσε κάτω. Εκείνη τη μέρα όμως δεν έριξε τα κλαράκια. Τα τύλιξε σ' ένα μαντίλι και τα ξαναέβαλε στην τσέπη.

– Κερδίζω το ψωμί μου μαντεύοντας το μέλλον των ανθρώπων, είπε εκείνος. Γνωρίζω την τέχνη να πετώ μικρά κλαδιά και ξέρω να τη χρησιμοποιώ για να εισχωρήσω στο χώρο όπου όλα είναι γραμμένα. Εκεί μπορώ να διαβάσω το παρελθόν, ν' ανακαλύψω τα ξεχασμένα και να ερμηνεύσω τα σημάδια του παρόντος.

»Όταν οι άνθρωποι με επισκέφτονται, εγώ δε διαβάζω το μέλλον· μαντεύω το μέλλον. Γιατί το μέλλον ανήκει στο Θεό και μόνο εκείνος το αποκαλύπτει υπό εξαιρετικές συνθήκες. Και πώς μπορώ να μαντεύω το μέλλον; Μέσα από σημάδια του παρόντος. Στο παρόν κρύβεται το μυστικό· αν προσέξεις το παρόν, τότε κι αυτό που θα συμβεί στο μέλλον θα είναι καλύτερο. Ξέχασε το μέλλον και ζήσε την κάθε μέρα της ζωής σου σύμφωνα με τα διδάγματα του νόμου και με την πίστη ότι ο Θεός φροντίζει τα παιδιά του. Η κάθε μέρα κυοφορεί την αιωνιότητα.

Ο καμηλιέρης ήθελε να μάθει ποιες ήταν αυτές οι εξαιρετικές συγκυρίες για τις οποίες επέτρεπε ο Θεός την πρόβλεψη του μέλλοντος:

– Όταν Εκείνος ο ίδιος το δείχνει. Και ο Θεός σπάνια δείχνει το μέλλον, για ένα και μοναδικό λόγο: πρόκειται για ένα μέλλον που γράφτηκε για να μεταβάλλεται.

Ο Θεός είχε δείξει στο αγόρι ένα μέλλον σκέφτηκε ο καμηλιέρης. Γιατί ήθελε το αγόρι να είναι το όργανό Του.

– Πηγαίνετε να μιλήσετε στους αρχηγούς των φυλών, είπε ο καμηλιέρης. Πείτε τους για τους πολεμιστές που πλησιάζουν.

– Θα με κοροϊδέψουν.
– Είναι άνθρωποι της ερήμου και οι άνθρωποι της ερήμου έχουν συνηθίσει τα σημάδια.
– Τότε θα το έχουν μάθει κιόλας.
– Δεν τους απασχολεί αυτό. Πιστεύουν ότι, αν πρέπει να μάθουν κάτι που ο Αλάχ θέλει να τους μεταδώσει, κάποιος άνθρωπος θα τους το πει. Έχει ξανασυμβεί συχνά. Σήμερα όμως, αυτός ο άνθρωπος είστε εσείς.

Το αγόρι σκέφτηκε τη Φατιμά. Κι αποφάσισε να πάει να επισκεφτεί τους αρχηγούς των φυλών.

- Φερνω ενα μηνυμα από την έρημο, είπε στο φρουρό που στεκόταν στο έμπα της τεράστιας σκηνής, στη μέση της όασης. Θέλω να δω τους αρχηγούς.

Ο φρουρός δεν είπε τίποτε. Μπήκε μέσα και καθυστέρησε πολύ. Βγήκε μετά με ένα νεαρό Άραβα, ντυμένο με χρυσοκέντητα άσπρα ρούχα. Το αγόρι διηγήθηκε στον νεαρό τι είχε δει. Εκείνος του είπε να περιμένει λίγο και ξαναμπήκε.

Ήρθε η νύχτα. Μερικοί Άραβες και έμποροι μπαινόβγαιναν. Σιγά σιγά οι φωτιές έσβησαν και η όαση γινόταν όλο και πιο σιωπηλή, σαν την έρημο. Μόνο το φως της μεγάλης σκηνής ήταν αναμμένο ακόμη. Όλο αυτό το διάστημα, το αγόρι σκεφτόταν τη Φατιμά, χωρίς να έχει καταλάβει ακόμη τη συζήτηση που είχαν το απόγευμα.

Τελικά, ύστερα από πολλές ώρες αναμονής, ο φρουρός κάλεσε το αγόρι να περάσει μέσα.

Αυτό που είδε το άφησε κατάπληκτο. Ποτέ δεν είχε φανταστεί ότι στη μέση της ερήμου θα υπήρχε μια τέτοια σκηνή. Το πάτωμα ήταν στρωμένο με τα πιο ωραία χαλιά που είχε πατήσει ποτέ κι από το ταβάνι κρέμονταν επίχρυσα πολύφωτα, γεμάτα αναμμένα κεριά. Οι αρχηγοί των φυλών κάθονταν στο βάθος της σκηνής, σε ημικύκλιο, ακουμπώντας τα χέρια και τα πόδια τους πάνω σε μεταξωτά μαξιλάρια με πλούσια κεντήματα. Υπηρέτες μπαινόβγαιναν με ασημένιους δίσκους γεμάτους με εξωτικά φαγητά και τσάι. Μερικοί ήταν επιφορτισμένοι να κρατάνε τους ναργιλέδες αναμμένους. Ένα γλυκό άρωμα καπνού γέμισε την ατμόσφαιρα.

Υπήρχαν οχτώ αρχηγοί, αλλά το αγόρι κατάλαβε αμέσως ποιος ήταν ο πιο σπουδαίος: ένας Άραβας ντυμένος με τα χρυσοκέντητα άσπρα ρούχα, που καθόταν στο κέντρο του ημικύκλιου. Δίπλα του βρισκόταν ο νεαρός Άραβας με τον οποίο είχε μιλήσει πιο πριν.

– Ποιος είναι ο ξένος που μιλά για σημάδια; ρώτησε ένας από τους αρχηγούς κοιτάζοντάς τον.

– Εγώ είμαι, απάντησε. Και διηγήθηκε τι είχε δει.

– Και γιατί η έρημος θα τα διηγιόταν αυτά σε έναν ξένο, όταν ξέρει ότι εμείς ζούμε σε αυτό το μέρος εδώ και πολλές γενιές; ρώτησε ένας άλλος αρχηγός φυλής.

– Γιατί τα μάτια μου δε συνήθισαν ακόμη την έρημο, απάντησε το αγόρι. Και μπορώ να βλέπω πράγματα που τα πιο εξοικειωμένα μάτια δεν μπορούν πια να διακρίνουν.

«Επειδή γνωρίζω για την Ψυχή του Κόσμου», σκέφτηκε από μέσα του. Δεν είπε όμως τίποτε, γιατί οι Άραβες δεν πιστεύουν σε τέτοια πράγματα.

– Η όαση είναι ουδέτερο έδαφος. Κανείς δεν επιτίθεται σε μια όαση, είπε ένας τρίτος αρχηγός.

– Απλούστατα, σας λέω αυτά που είδα. Αν δε θέλετε να το πιστέψετε, μην κάνετε τίποτε.

Μέσα στη σκηνή απλώθηκε απόλυτη σιωπή, που τη διαδέχτηκε μια ζωηρή συζήτηση μεταξύ των αρχηγών των φυλών. Μιλούσαν μια αραβική διάλεκτο που το αγόρι δεν καταλάβαινε, όταν όμως έκανε να σηκωθεί να φύγει, ένας φρουρός τού είπε να μείνει. Το αγόρι άρχισε να φοβάται· τα σημάδια έλεγαν ότι κάτι δεν πήγαινε καλά. Μετάνιωσε που είχε συζητήσει με τον καμηλιέρη για το ζήτημα αυτό.

Ξαφνικά, ο γέρος που καθόταν στη μέση χαμογέλασε ανεπαίσθητα και το αγόρι ηρέμησε. Ο γέρος δεν είχε λάβει μέρος στη συζήτηση και δεν είχε πει λέξη μέχρι εκείνη τη στιγμή. Αλλά το αγόρι είχε πια συνηθίσει τη Γλώσσα του Κόσμου και αισθάνθηκε ένα κύμα ειρήνης να απλώνεται στη σκηνή. Το ένστικτό του του έλεγε ότι είχε κάνει καλά που είχε έρθει.

Η συζήτηση σταμάτησε. Έμειναν όλοι σιωπηλοί για λίγο περιμένοντας το γέρο να μιλήσει. Στη συνέχεια, εκείνος στράφηκε προς το αγόρι: αυτή τη φορά το πρόσωπό του έδειχνε ψυχρό και απόμακρο.

— Πριν από δυο χιλιάδες χρόνια, σε μια μακρινή χώρα, πέταξαν σ' ένα πηγάδι και πούλησαν σαν σκλάβο έναν άνθρωπο που πίστευε στα όνειρα, είπε ο γέρος. Οι δικοί μας έμποροι τον αγόρασαν και τον έφεραν στην Αίγυπτο. Και όλοι μας ξέρουμε ότι όποιος πιστεύει στα όνειρα ξέρει επίσης να τα ερμηνεύει.

«Αν και δεν μπορεί πάντα να τα πραγματοποιήσει», σκέφτηκε το αγόρι, φέρνοντας στο νου του τη γριά τσιγγάνα.

— Εξαιτίας των ονείρων του φαραώ με τις ισχνές και τις παχιές αγελάδες, αυτός ο άνθρωπος έσωσε την Αίγυπτο από την πείνα. Το όνομά του ήταν Ιωσήφ. Ήταν κι αυτός ξένος σε ξένη χώρα, όπως κι εσύ, και είχε περίπου την ίδια ηλικία με σένα.

Η σιωπή συνεχίστηκε. Τα μάτια του γέρου παρέμεναν ψυχρά.

— Ακολουθούμε πάντα την παράδοση. Η παράδοση έσωσε την Αίγυπτο από την πείνα εκείνη την εποχή και την έκανε την πιο πλούσια χώρα. Η παράδοση διδάσκει πως πρέπει οι άνθρωποι να διασχίσουν την έρημο και να παντρέψουν τις κόρες τους. Η παράδοση λέει ότι μια όαση είναι ουδέτερο έδαφος, γιατί και τα δυο αντιμαχόμενα στρατόπεδα έχουν οάσεις και είναι ευάλωτες.

Κανείς δεν είπε λέξη ενώ μιλούσε ο γέρος.

– Αλλά η παράδοσή μας λέει επίσης να πιστεύουμε στα μηνύματα της ερήμου. Όσα ξέρουμε μας τα έμαθε η έρημος.

Ο γέρος έκανε νόημα και όλοι οι Άραβες σηκώθηκαν. Η συγκέντρωση θα τελείωνε. Έσβησαν τους ναργιλέδες και οι φρουροί στάθηκαν προσοχή. Το αγόρι ετοιμάστηκε να φύγει, αλλά ο γέρος μίλησε ακόμη μια φορά:

– Αύριο θα γίνει παραβίαση μιας συνθήκης, σύμφωνα με την οποία απαγορεύεται η οπλοφορία στην όαση. Στη διάρκεια της μέρας θα περιμένουμε τον εχθρό. Όταν ο ήλιος γείρει στον ορίζοντα, οι άντρες θα μου παραδώσουν τα όπλα. Για κάθε δέκα νεκρούς εχθρούς, θα πάρεις ένα χρυσό νόμισμα.

»Παρ' όλα αυτά, δεν επιτρέπεται να βγουν έξω τα όπλα και να μη χρησιμοποιηθούν. Είναι ιδιότροπα σαν την έρημο και, αν αυτό τους γίνει συνήθεια, την επόμενη φορά μπορεί να μην πυροβολήσουν από τεμπελιά. Αν αύριο δε χρησιμοποιηθεί κανένα, ένα τουλάχιστον από αυτά θα στραφεί εναντίον σου.

Η ΟΑΣΗ φωτιζόταν μόνο από την πανσέληνο όταν το αγόρι ξεκίνησε να φύγει. Μέχρι τη σκηνή του, ήταν είκοσι λεπτά δρόμος.

Ήταν τρομαγμένος με όσα είχαν συμβεί. Είχε βυθιστεί στην Ψυχή του Κόσμου και το τίμημα ίσως να ήταν η ζωή του. Ένα μεγάλο στοίχημα. Τα είχε όμως διακινδυνέψει όλα από εκείνη τη μέρα που είχε πουλήσει τα πρόβατά του για να ακολουθήσει τον Προσωπικό του Μύθο. Και, όπως έλεγε ο καμηλιέρης, το να πεθάνεις αύριο είναι εξίσου καλό με το να πεθάνεις οποιαδήποτε άλλη μέρα. Η κάθε μέρα είχε γίνει ή για να τη ζήσουμε ή για να εγκαταλείψουμε τον κόσμο. Τα πάντα κρέμονταν από μια λέξη: *Μακτούμπ*.

Προχώρησε σιωπηλός. Δε μετάνιωνε. Αν πέθαινε την επομένη, αυτό θα σήμαινε ότι ο Θεός δεν ήθελε να αλλάξει το μέλλον. Αλλά θα πέθαινε αφού είχε διασχίσει το στενό, είχε δουλέψει σ' ένα μαγαζί κρυστάλλων, είχε γνωρίσει τη σιωπή της ερήμου και τα μάτια της Φατιμά. Είχε ζήσει έντονα την καθεμιά από τις μέρες του, από τότε που είχε φύγει από το σπίτι του, εδώ και τόσο καιρό. Αν πέθαινε την επομένη, τα μάτια του θα είχαν δει πιο πολλά πράγματα από τα μάτια άλλων βοσκών και το αγόρι ήταν υπερήφανο γι' αυτό.

Ξαφνικά, άκουσε μια βροντή και μια ριπή του ανέμου τον έριξε κάτω. Ο χώρος γέμισε σκόνη, που σχεδόν έκρυψε το φεγγάρι. Μπροστά του, ένα τεράστιο άσπρο άλογο σηκώθηκε στα πισινά του πόδια μ' ένα τρομακτικό χλιμίντρισμα.

Το αγόρι μόλις και διέκρινε τι γινόταν, αλλά, όταν η σκόνη κατακάθισε κάπως, αισθάνθηκε έναν πρωτόγνωρο τρόμο. Καβάλα στο άλογο καθόταν ένας καβαλάρης ντυμένος στα ολόμαυρα, μ' ένα γεράκι στον αριστερό του ώμο. Φορούσε ένα τουρμπάνι, κι ένα μαντίλι σκέπαζε το πρόσωπό του αφήνοντας ακάλυπτα μόνο τα μάτια. Έμοιαζε να είναι ο απεσταλμένος της ερήμου και ήταν ο πιο επιβλητικός άντρας που το αγόρι είχε δει μέχρι τότε.

Ο παράξενος καβαλάρης τράβηξε το γιαταγάνι που ήταν κρεμασμένο από τη σέλα. Το ατσάλι άστραψε στο φεγγαρόφωτο.

– Ποιος τόλμησε να διαβάσει το πέταγμα των γερακιών; ρώτησε με τόσο δυνατή φωνή, που ο αντίλαλός της ακούστηκε ανάμεσα στις πενήντα χιλιάδες φοινικιές της Αλ-Φαγιούμ.

- Εγώ τόλμησα, είπε το αγόρι. Κι αμέσως θυμήθηκε την εικόνα του αγίου Ιακώβου του Ματαμόουρος με το άσπρο άλογό του να ποδοπατάει τους απίστους. Ακριβώς το ίδιο. Μόνο που τώρα οι όροι είχαν αντιστραφεί.

- Εγώ τόλμησα, επανέλαβε το αγόρι και έσκυψε το κεφάλι για να δεχτεί το χτύπημα του σπαθιού. Πολλές ζωές θα σωθούν, γιατί δεν είχατε υπόψη σας την Ψυχή του Κόσμου.

Το σπαθί όμως δεν έπεσε με ταχύτητα. Ο ξένος χαμήλωσε το χέρι του σιγά σιγά, ώσπου η άκρη της λεπίδας ν' αγγίξει το μέτωπο του αγοριού. Ήταν τόσο κοφτερή, που βγήκε μια σταγόνα αίμα.

Ο καβαλάρης καθόταν τελείως ακίνητος. Το ίδιο και το αγόρι. Ούτε για μια στιγμή δε σκέφτηκε να ξεφύγει. Μέσα στην καρδιά του μια παράξενη χαρά τον κυρίευε: θα πέθαινε για τον Προσωπικό του Μύθο. Και για τη Φατιμά. Τα σημάδια ήταν αληθινά, λοιπόν. Μπροστά του ήταν ο εχθρός και γι' αυτό δεν έπρεπε να φοβηθεί το θάνατο, γιατί υπήρχε μια Ψυχή του Κόσμου. Σε λίγο θα ήταν μέρος της. Αύριο και ο εχθρός θα ήταν μέρος της.

Ο ξένος όμως απλώς ακουμπούσε το σπαθί στο μέτωπό του.

- Γιατί διάβασες το πέταγμα των πουλιών;

- Διάβασα μόνο αυτά που τα πουλιά ήθελαν να διηγηθούν. Εκείνα θέλουν να σώσουν την όαση κι εσείς θα πεθάνετε. Η όαση έχει περισσότερους άντρες από σας.

Το σπαθί εξακολουθούσε ν' ακουμπά στο μέτωπό του.

- Ποιος είσαι εσύ για ν' αλλάξεις τη μοίρα που χάραξε ο Αλάχ;

- Ο Αλάχ δημιουργεί τους στρατούς, δημιουργεί και τα πουλιά. Ο Αλάχ μού έδειξε τη γλώσσα των πουλιών. Όλα γράφτηκαν από το ίδιο Χέρι, είπε το αγόρι, ενώ στο μυαλό του γύρισαν τα λόγια του καμηλιέρη.

Τελικά, ο ξένος απομάκρυνε το σπαθί από το κεφάλι του. Το αγόρι αισθάνθηκε μια κάποια ανακούφιση. Δεν μπορούσε όμως να ξεφύγει.

- Προσοχή με τις μαντείες, είπε ο ξένος. Όταν τα πράγματα είναι γραμμένα, το καλύτερο που έχεις να κάνεις είναι να τα αποφεύγεις.

- Είδα μόνο ένα στρατό, είπε το αγόρι. Δεν είδα την έκβαση καμιάς μάχης.

Ο καβαλάρης φάνηκε ικανοποιημένος με την απάντηση. Εξακολουθούσε όμως να κρατά το σπαθί στο χέρι.

- Τι γυρεύει ένας ξένος σε ξένη χώρα;

- Ψάχνω για τον Προσωπικό μου Μύθο. Κάτι που ποτέ δε θα καταλάβεις.

Ο καβαλάρης ξαναέβαλε το σπαθί στη θήκη και το

γεράκι στον ώμο του έβγαλε μια παράξενη κραυγή. Το αγόρι άρχισε να χαλαρώνει.

– Έπρεπε να δοκιμάσω το θάρρος σου, είπε ο ξένος. Το θάρρος είναι το πιο σημαντικό χάρισμα για όποιον ψάχνει τη Γλώσσα του Κόσμου.

Το αγόρι ξαφνιάστηκε. Εκείνος ο άνθρωπος μιλούσε για πράγματα γνωστά σε λίγους μόνο ανθρώπους.

– Ποτέ δεν πρέπει να χαλαρώνει κανείς, έστω και αν έχει φτάσει τόσο μακριά, συνέχισε. Πρέπει ν' αγαπά κανείς την έρημο, ποτέ όμως να μην της έχει απόλυτη εμπιστοσύνη. Γιατί η έρημος είναι μια δοκιμασία για όλους τους ανθρώπους: ελέγχει το κάθε βήμα και σκοτώνει τον αφηρημένο.

Αυτά τα λόγια τού θύμιζαν εκείνα του γέρου βασιλιά.

– Αν οι πολεμιστές έρθουν και ακόμη έχεις το κεφάλι σου πάνω στους ώμους, μετά τη δύση του ήλιου, αναζήτησέ με, είπε ο ξένος.

Το ίδιο χέρι που είχε κρατήσει το σπαθί έσεισε ένα μαστίγιο. Το άλογο ξανασηκώθηκε στα πισινά του πόδια προκαλώντας ένα σύννεφο σκόνης.

– Πού μένετε; φώναξε το αγόρι καθώς ο καβαλάρης απομακρυνόταν.

Το χέρι με το μαστίγιο έδειξε προς το νότο.

Το αγόρι είχε βρει τον αλχημιστή.

Όταν ο ήλιος είχε δύσει τελείως και τα πρώτα αστέρια είχαν αρχίσει να εμφανίζονται (όχι πολύ λαμπρά, γιατί ήταν ακόμη πανσέληνος), το αγόρι προχώρησε νότια. Εκεί υπήρχε μόνο μια σκηνή και σύμφωνα με μερικούς Άραβες ο τόπος ήταν γεμάτος *τζίνι*. Το αγόρι όμως κάθισε και περίμενε πολλή ώρα.

Όταν το φεγγάρι ήταν πια ψηλά στον ουρανό, εμφανίστηκε ο αλχημιστής. Κουβαλούσε στον ώμο του δυο ψόφια γεράκια.

– Εδώ είμαι, είπε το αγόρι.

– Δεν έπρεπε, απάντησε ο αλχημιστής. Εκτός εάν ο Προσωπικός Μύθος σου ήταν να φτάσεις μέχρι εδώ.

– Γίνεται πόλεμος μεταξύ των φυλών. Αδύνατο να διασχίσω την έρημο.

Ο αλχημιστής κατέβηκε από το άλογό του κι έκανε νόημα στο αγόρι να τον ακολουθήσει μέσα στη σκηνή. Ήταν μια σκηνή σαν όλες τις άλλες που είχε γνωρίσει στην έρημο, με εξαίρεση τη μεγάλη κεντρική σκηνή, που είχε την πολυτέλεια των παραμυθιών. Κοίταξε για εργαλεία και φούρνους αλχημείας, δεν είδε όμως τίποτε τέτοιο. Υπήρχε μόνο ένας σωρός από βιβλία, μια εστία και χαλιά με παράξενα σχέδια.

– Κάθισε, θα ετοιμάσω τσάι, είπε ο αλχημιστής. Και θα φάμε μαζί αυτά τα γεράκια.

Το αγόρι υποψιάστηκε ότι επρόκειτο για τα ίδια πουλιά που είχε δει την προηγούμενη μέρα, δεν είπε όμως τίποτε. Ο αλχημιστής άναψε τη φωτιά και σε λίγο μια ευχάριστη μυρωδιά κρέατος είχε γεμίσει τη σκηνή. Ήταν καλύτερη κι από τη μυρωδιά των ναργιλέδων.

– Γιατί θέλατε να με δείτε; είπε το αγόρι.

– Εξαιτίας των σημαδιών, απάντησε ο αλχημιστής. Ο άνεμος μου εκμυστηρεύτηκε πότε θα 'ρχόσουν. Και ότι θα είχες ανάγκη από βοήθεια.

– Δεν πρόκειται για μένα. Πρόκειται για τον άλλο ξένο, τον Άγγλο. Εκείνος σας έψαχνε.

– Εκείνος πρέπει να βρει άλλα πράγματα πριν βρει εμένα. Είναι όμως στο σωστό δρόμο. Άρχισε να αγναντεύει την έρημο.

– Κι εγώ;

– Όταν θέλουμε πάρα πολύ κάτι, όλο το σύμπαν συνωμοτεί για να καταφέρουμε να πραγματοποιήσουμε το όνειρό μας, είπε ο αλχημιστής, επαναλαμβάνοντας τα λόγια του γέρου βασιλιά. Το αγόρι κατάλαβε. Ένας ακόμα άνθρωπος είχε βρεθεί στο δρόμο του για να τον οδηγήσει στον Προσωπικό Μύθο του.

– Κι εσείς θα μου τον μάθετε;
– Όχι. Ήδη ξέρεις ό,τι χρειάζεσαι. Απλώς θα σε ωθήσω προς το θησαυρό σου.

– Υπάρχει πόλεμος μεταξύ των φυλών, επέμεινε το αγόρι.

– Την ξέρω την έρημο.

– Ήδη βρήκα το θησαυρό μου. Έχω μια καμήλα, τα λεφτά από το μαγαζί των κρυστάλλων και πενήντα χρυσά νομίσματα. Στη χώρα μου θα είμαι πλούσιος.

– Κι όμως, τίποτε απ' αυτά δεν είναι κοντά στις πυραμίδες, είπε ο αλχημιστής.

– Έχω τη Φατιμά. Είναι ένας θησαυρός μεγαλύτερος από αυτόν που κατάφερα να μαζέψω.

– Ούτε κι αυτή είναι κοντά στις πυραμίδες.

Έφαγαν τα γεράκια σιωπηλά. Ο αλχημιστής άνοιξε ένα μπουκάλι και γέμισε το ποτήρι του αγοριού μ' ένα κόκκινο υγρό. Ήταν κρασί, και μάλιστα ένα από τα καλύτερα κρασιά που το αγόρι είχε πιει ποτέ. Το κρασί όμως απαγορευόταν από το νόμο.

– Το κακό δεν περιέχεται σ' αυτό που μπαίνει από το στόμα του ανθρώπου, είπε ο αλχημιστής. Το κακό περιέχεται σ' αυτό που βγαίνει από κει.

Το αγόρι αισθανόταν όλο και πιο χαρούμενο εξαιτίας του κρασιού, αν και φοβόταν τον αλχημιστή. Κάθισαν έξω από τη σκηνή, κοιτάζοντας το φεγγαρόφωτο που θάμπωνε τ' αστέρια.

– Πιες και διασκέδασε λιγάκι, είπε ο αλχημιστής, διαπιστώνοντας ότι το αγόρι γινόταν όλο και πιο χαρούμενο. Ν' αναπαυτείς, όπως συνήθως αναπαύεται ο πολεμιστής πριν από τη μάχη. Μην ξεχάσεις όμως ότι όπου είναι η καρδιά σου, εκεί και ο θησαυρός σου. Και πρέπει οπωσδήποτε να βρεις το θησαυρό σου, για να έχουν νόημα όσα έχεις ανακαλύψει στο δρόμο σου.

»Αύριο να πουλήσεις την καμήλα σου και ν' αγοράσεις ένα άλογο. Δεν μπορείς να βασίζεσαι στις καμήλες: κάνουν χιλιάδες βήματα χωρίς κανένα σημάδι κούρασης. Ξαφνικά όμως γονατίζουν και πεθαίνουν. Τα άλογα κουράζονται σιγά σιγά. Και μπορείς να ξέρεις πάντα τι μπορείς να απαιτείς απ' αυτά ή πότε θα πεθάνουν.

Την επομενη νυχτα το αγόρι εμφανίστηκε στη σκηνή του αλχημιστή με ένα άλογο. Περίμενε λίγο κι εκείνος εμφανίστηκε καβάλα στο ζώο και με το γεράκι στον αριστερό ώμο του.

– Δείξε μου τη ζωή στην έρημο, είπε ο αλχημιστής. Μόνο όποιος βρίσκει τη ζωή μπορεί να βρει θησαυρούς.

Ξεκίνησαν την πορεία πάνω στην άμμο, ενώ το φεγγάρι έλαμπε ακόμη από πάνω τους. «Δεν ξέρω αν θα καταφέρω να βρω τη ζωή στην έρημο», σκέφτηκε το αγόρι. «Ακόμη δεν ξέρω την έρημο».

Ήθελε να γυρίσει για να πει τις σκέψεις του στον αλχημιστή, τον φοβόταν όμως. Έφτασαν στο σημείο με τις πέτρες, όπου το αγόρι είχε δει τα γεράκια στον ουρανό· το μόνο που διέκοπτε τη σιωπή της ερήμου ήταν ο άνεμος.

– Δε θα καταφέρω να βρω ζωή στην έρημο, είπε το αγόρι. Ξέρω ότι υπάρχει, δε θα καταφέρω όμως να τη βρω.

– Η ζωή έλκει τη ζωή, απάντησε ο αλχημιστής.

Και το αγόρι κατάλαβε. Αμέσως χαλάρωσε τα ηνία του αλόγου του, που προχώρησε ελεύθερα πάνω στις πέτρες και την άμμο. Ο αλχημιστής προχωρούσε σιωπηλός και το άλογο του αγοριού βάδισε για μισή σχεδόν ώρα. Δε φαίνονταν πια οι φοινικιές της όασης, μόνο το τεράστιο φεγγάρι στον ουρανό και οι βράχοι που έλαμπαν με μια ασημένια λάμψη. Ξαφνικά, σ' ένα σημείο όπου δεν είχε βρεθεί ποτέ πριν, το αγόρι παρατήρησε ότι το άλογό του σταμάτησε απότομα.

– Εδώ υπάρχει ζωή, απάντησε το αγόρι στον αλχημιστή. Δε γνωρίζω τη γλώσσα της ερήμου, αλλά το άλογό μου γνωρίζει τη γλώσσα της ζωής.

Κατέβηκαν από τα άλογα. Ο αλχημιστής δεν είπε τίποτε. Κοιτούσε τις πέτρες, βαδίζοντας σιγά. Ξαφνικά σταμάτησε κι έσκυψε όλο προσοχή. Στο έδαφος υπήρχε μια τρύπα ανάμεσα στις πέτρες· ο αλχημιστής έχωσε το χέρι του στην τρύπα και συνέχισε χώνοντας το μπράτσο μέχρι τον ώμο. Κάτι σάλεψε εκεί μέσα και τα μάτια του αλχημιστή –το αγόρι μόνο τα μάτια του μπορούσε να δει– μισόκλεισαν από την προσπάθεια και την ένταση. Το χέρι φαινόταν να παλεύει μ' αυτό που ήταν μέσα στην τρύπα. Μ' ένα πήδημα που τρόμαξε το αγόρι, ο αλχημιστής τράβηξε το χέρι του και σηκώθηκε αμέσως όρθιος. Στο χέρι του κρατούσε ένα φίδι από την ουρά.

Και το αγόρι πήδηξε, προς τα πίσω όμως. Το φίδι σπαρταρούσε ασταμάτητα, βγάζοντας θορύβους και σφυρίγματα που έσπαζαν τη σιωπή της ερήμου. Ήταν μια νάγια, που το δηλητήριό της θα μπορούσε να σκοτώσει έναν άνθρωπο σε λίγα λεπτά.

«Προσοχή στο δηλητήριο», πρόλαβε και σκέφτηκε το αγόρι. Αλλά ο αλχημιστής είχε χώσει το χέρι του στην τρύπα και μάλλον είδε ήδη δαγκωθεί. Το πρόσωπό του όμως ήταν ήρεμο. «Ο αλχημιστής είναι διακοσίων χρόνων», είχε πει ο Άγγλος. Σίγουρα θα ήξερε πώς να αντιμετωπίσει τα φίδια της ερήμου.

Το αγόρι είδε πως ο σύντροφός του πήγε προς το άλογο και τράβηξε το γιαταγάνι του. Χαράζοντας μ' αυτό έναν κύκλο στο έδαφος, έβαλε το φίδι στη μέση. Το ζώο ακινητοποιήθηκε αμέσως.

– Μην ανησυχείς, είπε ο αλχημιστής. Δε θα φύγει από κει. Κι εσύ ανακάλυψες τη ζωή στην έρημο, το σημάδι που χρειαζόμουνα.

– Γιατί ήταν αυτό τόσο σημαντικό;

– Γιατί οι πυραμίδες είναι περικυκλωμένες από έρημο.

Το αγόρι δεν ήθελε ν' ακούσει για τις πυραμίδες. Από την προηγούμενη νύχτα αισθανόταν ένα βάρος και μια στενοχώρια στην καρδιά. Γιατί το να πάει να ψάξει για το θησαυρό του σήμαινε ότι έπρεπε να αφήσει τη Φατιμά.

– Θα σε οδηγήσω στην έρημο, είπε ο αλχημιστής.

– Θέλω να μείνω στην όαση, απάντησε το αγόρι. Έχω ήδη βρει τη Φατιμά. Και αυτή για μένα αξίζει πιο πολύ κι από το θησαυρό.

– Η Φατιμά είναι γυναίκα της ερήμου, είπε ο αλχημιστής. Ξέρει ότι οι άντρες πρέπει να φεύγουν για να μπορούν να επιστρέψουν. Εκείνη έχει ήδη βρει το θησαυρό της: εσένα. Περιμένει τώρα να βρεις κι εσύ αυτό που ψάχνεις.

– Κι αν αποφασίσω να μείνω;

– Θα είσαι ο σύμβουλος της όασης. Έχεις αρκετό χρυσάφι για ν' αγοράσεις πολλά πρόβατα και πολλές καμήλες. Θα παντρευτείς τη Φατιμά και θα ζήσετε ευτυχισμένοι τον πρώτο χρόνο. Θα μάθεις να αγαπάς την έρημο και θα γνωρίσεις μία μία τις πενήντα χιλιάδες φοινικιές. Θα καταλάβεις πώς αναπτύσσονται και θα σου φανερώσουν έναν κόσμο που αλλάζει ασταμάτητα. Και θα καταλάβεις τα σημάδια όλο και καλύτερα, γιατί η έρημος είναι ένας δάσκαλος ανώτερος από τους άλλους δασκάλους.

Ο ΑΛΧΗΜΙΣΤΗΣ

»Το δεύτερο χρόνο να θυμηθείς ότι υπάρχει ένας θησαυρός. Τα σημάδια θ' αρχίσουν να μιλάνε επίμονα γι' αυτόν κι εσύ θα προσπαθήσεις να τα αγνοήσεις. Θα κάνεις χρήση της γνώσης σου μόνο για το καλό της όασης και των κατοίκων της. Οι αρχηγοί των φυλών θα σου είναι ευγνώμονες γι' αυτό. Οι καμήλες σου θα σου χαρίσουν πλούτο και εξουσία.

»Τον τρίτο χρόνο τα σημάδια θα συνεχίσουν να μιλάνε για το θησαυρό σου και τον Προσωπικό Μύθο σου. Θα τριγυρίζεις στην όαση τη μια νύχτα πίσω από την άλλη και η Φατιμά θα γίνει μια θλιμμένη γυναίκα, γιατί υπήρξε η αιτία να διακόψεις το δρόμο σου. Εσύ όμως θα συνεχίσεις να την αγαπάς και θα βρεις ανταπόκριση. Θα θυμηθείς ότι εκείνη ποτέ δε σου ζήτησε να μείνεις, γιατί μια γυναίκα της ερήμου ξέρει να περιμένει τον άντρα της. Γι' αυτό δε θα της καταλογίσεις ευθύνες. Θα τριγυρίσεις όμως πολλές νύχτες στην άμμο της όασης κι ανάμεσα στις φοινικιές, σκεπτόμενος ότι ίσως θα μπορούσες να είχες προχωρήσει, αν είχες περισσότερη εμπιστοσύνη στην αγάπη σου για τη Φατιμά. Γιατί αυτό που σε κράτησε στην όαση ήταν ο δικός σου φόβος μήπως δεν ξαναγυρίσεις ποτέ. Κι εκείνη τη στιγμή τα σημάδια θα σου δείξουν ότι ο θησαυρός σου θάφτηκε για πάντα.

»Τον τέταρτο χρόνο τα σημάδια θα σε εγκαταλείψουν γιατί αρνήθηκες να τα ακούσεις. Οι αρχηγοί των φυλών θα το καταλάβουν και θα καθαιρεθείς από το συμβούλιο. Θα είσαι μεν ένας πλούσιος έμπορος, με πολλές καμήλες και πολλά εμπορεύματα, αλλά θα περάσεις το υπόλοιπο της ζωής σου τριγυρίζοντας μεταξύ των φοινικιών και της ερήμου, ξέροντας ότι δεν πραγματοποίησες τον Προσωπικό Μύθο σου και ότι τώρα είναι πια πολύ αργά.

»Χωρίς να έχεις καταλάβει ότι η Αγάπη ποτέ δεν εμποδίζει έναν άνθρωπο ν' ακολουθήσει τον Προσωπικό Μύθο του. Όταν συμβαίνει κάτι τέτοιο, θα πει ότι δεν πρόκειται για την αληθινή Αγάπη, εκείνη που μιλά τη Γλώσσα του Κόσμου.

Ο αλχημιστής έσβησε τον κύκλο που είχε χαράξει στο έδαφος και το φίδι έσπευσε να εξαφανιστεί ανάμεσα στις πέτρες. Το αγόρι σκεφτόταν τον έμπορο κρυστάλλων, που πάντα ήθελε να πάει στη Μέκκα, και τον Άγγλο, που έψαχνε για έναν αλχημιστή. Το αγόρι σκεφτόταν μια γυναίκα που εμπιστεύτηκε την έρημο και η έρημος της έφερε μια μέρα τον άνθρωπο που ήθελε ν' αγαπήσει.

Ο ΑΛΧΗΜΙΣΤΗΣ

Ανέβηκαν στα άλογά τους κι αυτή τη φορά το αγόρι ήταν εκείνο που ακολούθησε τον αλχημιστή. Ο άνεμος έφερνε τους ήχους της όασης κι εκείνος προσπαθούσε να διακρίνει τη φωνή της Φατιμά. Εκείνη τη μέρα δεν είχε πάει στο πηγάδι εξαιτίας της μάχης.

Την ίδια νύχτα, καθώς κοιτούσε ένα φίδι μέσα σ' έναν κύκλο, ο παράξενος καβαλάρης με το γεράκι στον ώμο του είχε μιλήσει για αγάπη και θησαυρούς, για τις γυναίκες της ερήμου και για τον Προσωπικό Μύθο του.

– Θα έρθω μαζί σας, είπε το αγόρι. Κι αμέσως αισθάνθηκε γαλήνη μέσα στην καρδιά του.

– Θα ξεκινήσουμε αύριο, πριν από την αυγή, ήταν η μοναδική απάντηση του αλχημιστή.

Το αγορι δεν έκλεισε μάτι όλη τη νύχτα. Δυο ώρες πριν από την αυγή, ξύπνησε ένα από τα αγόρια που κοιμόνταν στην ίδια σκηνή και το παρακάλεσε να του δείξει πού έμενε η Φατιμά. Βγήκαν μαζί και πήραν το δρόμο προς τα εκεί. Σαν αντάλλαγμα, το αγόρι τού χάρισε λεφτά για ν' αγοράσει ένα πρόβατο.

Του ζήτησε κατόπιν να μάθει πού κοιμόταν η Φατιμά, να την ξυπνήσει και να της πει ότι το αγόρι την περίμενε. Ο νεαρός Άραβας έκανε ό,τι του ζήτησε και σαν αντάλλαγμα πήρε λεφτά για ν' αγοράσει κι άλλο ένα πρόβατο.

– Τώρα άφησέ μας μόνους, είπε το αγόρι στο νεαρό Άραβα, ο οποίος επέστρεψε στη σκηνή του για να κοιμηθεί, περήφανος που είχε βοηθήσει το σύμβουλο της όασης και χαρούμενος γιατί είχε λεφτά για ν' αγοράσει πρόβατα.

Η Φατιμά εμφανίστηκε στην είσοδο της σκηνής. Άρχισαν να περπατούν ανάμεσα στις φοινικιές. Το αγόρι ήξερε ότι ήταν ενάντια στην παράδοση, αυτό όμως δεν είχε καμιά σημασία εκείνη τη στιγμή.

– Φεύγω, είπε. Θέλω να ξέρεις ότι θα επιστρέψω. Σ' αγαπώ, γιατί...

– Μην πεις τίποτε, τον διέκοψε η Φατιμά. Αγαπάμε γιατί αγαπάμε. Δεν υπάρχει κανένας λόγος για ν' αγαπάμε.

Αλλά το αγόρι συνέχισε:

– Σ' αγαπώ, επειδή είδα ένα όνειρο, συνάντησα ένα βασιλιά, πούλησα κρύσταλλα, διέσχισα την έρημο, οι φυλές κήρυξαν πόλεμο και βρέθηκα κοντά σ' ένα πηγάδι για να μάθω πού έμενε ένας αλχημιστής. Σ' αγαπώ, γιατί όλο το σύμπαν συνωμότησε για να βρεθώ κοντά σου.

Αγκαλιάστηκαν. Ήταν η πρώτη φορά που τα κορμιά τους αγγίζονταν.

– Θα επιστρέψω, επανέλαβε το αγόρι.

– Μέχρι τώρα κοιτούσα την έρημο με λαχτάρα, είπε η Φατιμά. Από δω και πέρα, θα την κοιτάζω με ελπίδα. Ο πατέρας μου έφυγε μια μέρα, αλλά ξαναγύρισε στη μητέρα μου και εξακολουθεί να γυρίζει.

Και δεν είπαν τίποτε άλλο. Περπάτησαν λίγο ανάμεσα στις φοινικιές και το αγόρι την άφησε μπροστά στη σκηνή.

– Θα επιστρέψω, όπως επέστρεψε κι ο πατέρας σου στη μητέρα σου, είπε.

Παρατήρησε ότι τα μάτια της Φατιμά ήταν βουρκωμένα.

– Κλαις;
– Είμαι μια γυναίκα της ερήμου, είπε κρύβοντας το πρόσωπό της. Αλλά πάνω απ' όλα είμαι γυναίκα.

Η Φατιμά μπήκε στη σκηνή. Σε λίγο θα εμφανιζόταν ο ήλιος. Με το ξημέρωμα θα έβγαινε για να κάνει όσα έκανε εδώ και τόσα χρόνια· τώρα όμως όλα είχαν αλλάξει. Το αγόρι δε βρισκόταν πια στην όαση και η όαση δε θα είχε γι' αυτή το νόημα που είχε μέχρι τότε. Δε θα ήταν πια ο τόπος με τις πενήντα χιλιάδες φοινικιές και τα τριακόσια πηγάδια, όπου κατέφταναν οι προσκυνητές, χαρούμενοι ύστερα από μακρινό ταξίδι. Η όαση, από δω και πέρα, θα ήταν γι' αυτή κενός τόπος.

Από κείνη τη μέρα, η έρημος θα ήταν πιο σημαντική. Πάντα θα την κοιτούσε, προσπαθώντας να μάθει ποιο αστέρι ακολουθούσε το αγόρι σε αναζήτηση του θησαυρού του. Θα έστελνε τα φιλιά της με τον άνεμο, με την ελπίδα ότι αυτός θα άγγιζε το πρόσωπο του αγοριού και θα του έλεγε πως αυτή ζούσε και τον περίμενε, όπως μια γυναίκα περιμένει ένα γενναίο άντρα, που αναζητάει όνειρα και θησαυρούς. Από εκείνη τη μέρα και στο εξής,

η έρημος θα ήταν ένα και μόνο πράγμα: η ελπίδα της ε-
πιστροφής του.

– Μη σκέφτεσαι αυτά που άφησες πίσω σου, είπε ο αλ-
χημιστής, όταν άρχισαν να καλπάζουν πάνω στην άμ-
μο της ερήμου. Τα πάντα είναι χαραγμένα στην Ψυχή
του Κόσμου και θα παραμείνουν εκεί για πάντα.
 – Οι άνθρωποι ονειρεύονται πιο πολύ την επιστρο-
φή παρά το χωρισμό, είπε το αγόρι, που σιγά σιγά ε-
ξοικειωνόταν με τη σιωπή της ερήμου.
 – Αν αυτό που βρήκες αποτελείται από ύλη στην κα-
θαρή μορφή της, ποτέ δε θα σαπίσει. Και θα μπορέσεις
μια μέρα να επιστρέψεις. Αν επρόκειτο μόνο για μια
στιγμιαία λάμψη φωτός, σαν την έκρηξη ενός αστεριού,
τότε δε θα βρεις τίποτε όταν επιστρέψεις. Θα έχεις όμως
δει μια έκρηξη φωτός. Και μόνο γι' αυτό, άξιζε τον κόπο.
 Ο άντρας μιλούσε με τη γλώσσα της αλχημείας. Το
αγόρι όμως ήξερε ότι εννοούσε τη Φατιμά.
 Ήταν δύσκολο να μη σκέφτεσαι ό,τι έχεις αφήσει πί-
σω. Η έρημος, με το σχεδόν πάντα ίδιο τοπίο της, συνή-
θως γέμιζε όνειρα. Το αγόρι έβλεπε ακόμη τις φοινικιές,
τα πηγάδια και το πρόσωπο της αγαπημένης γυναίκας.
Έβλεπε τον Άγγλο με το εργαστήριό του και τον καμηλιέ-

ρη, που ήταν δάσκαλος και δεν το ήξερε. «Ίσως ο αλχημιστής να μην έχει αγαπήσει ποτέ», σκέφτηκε το αγόρι.

Ο αλχημιστής κάλπαζε μπροστά του, με το γεράκι στον ώμο. Το γεράκι ήξερε καλά τη γλώσσα της ερήμου και, όταν σταματούσαν, άφηνε τον ώμο του αλχημιστή και πετούσε ψάχνοντας τροφή. Την πρώτη μέρα έφερε ένα λαγό. Τη δεύτερη έφερε δυο πουλιά.

Τη νύχτα άπλωναν τις κουβέρτες τους και δεν άναβαν φωτιά. Οι νύχτες της ερήμου είναι ψυχρές και, καθώς το φεγγάρι λιγόστευε στον ουρανό, γίνονταν όλο και πιο σκοτεινές. Για μια ολόκληρη εβδομάδα βάδιζαν σιωπηλοί, μιλώντας μόνο για τις αναγκαίες προφυλάξεις για να αποφύγουν τις μάχες μεταξύ των φυλών. Ο πόλεμος συνεχιζόταν και καμιά φορά ο άνεμος έφερνε τη γλυκανάλατη οσμή του αίματος. Κάποια μάχη είχε γίνει εκεί κοντά και ο άνεμος υπενθύμιζε στο αγόρι ότι υπήρχε η γλώσσα των σημαδιών, πάντα πρόθυμη να δείξει αυτά που τα μάτια του δεν μπορούσαν να διακρίνουν.

Όταν συμπληρώθηκαν εφτά μέρες ταξιδιού, ο αλχημιστής αποφάσισε να κατασκηνώσουν νωρίτερα από το συνηθισμένο. Το γεράκι έφυγε σε αναζήτηση λείας και ο αλχημιστής έβγαλε το παγούρι με το νερό και πρόσφερε στο αγόρι.

– Πλησιάζεις στο τέλος του ταξιδιού σου, είπε ο αλχημιστής. Τα συγχαρητήριά μου, γιατί ακολούθησες τον Προσωπικό Μύθο σου.

– Με οδηγείτε σιωπηλός, είπε το αγόρι. Νόμιζα ότι θα μου μαθαίνατε αυτά που ξέρετε. Πριν από αρκετό καιρό βρέθηκα στην έρημο μ' έναν άνθρωπο που κουβαλούσε βιβλία αλχημείας. Δεν κατάφερα όμως να μάθω τίποτε.

– Υπάρχει μόνο ένας τρόπος να μάθεις, απάντησε ο αλχημιστής. Μέσα από τη δράση. Ό,τι χρειαζόταν να μάθεις σου το έμαθε το ταξίδι. Μόνο ένα πράγμα έμεινε ακόμη.

Το αγόρι ήθελε να μάθει τι ήταν, αλλά ο αλχημιστής κάρφωσε τα μάτια του στον ορίζοντα περιμένοντας να επιστρέψει το γεράκι.

– Γιατί σας λένε αλχημιστή;

– Γιατί είμαι.

– Και τι δεν πήγαινε καλά με τους άλλους αλχημιστές, που αναζητούσαν χρυσάφι και δεν το βρήκαν;

– Έψαχναν μόνο χρυσάφι, απάντησε ο σύντροφός του. Έψαχναν το θησαυρό του Προσωπικού Μύθου τους, χωρίς να θέλουν να ζήσουν τον ίδιο το Μύθο.

– Τι μου έμεινε ακόμη να μάθω;

Αλλά ο αλχημιστής κοιτούσε συνέχεια τον ορίζοντα. Σε λίγο το γεράκι γύρισε με την τροφή. Έσκαψαν ένα λάκκο κι άναψαν μέσα φωτιά, για να μη φαίνεται η λάμψη της φλόγας.

– Είμαι αλχημιστής γιατί είμαι αλχημιστής, είπε ετοιμάζοντας το φαγητό. Έμαθα την επιστήμη από τους παππούδες μου, οι οποίοι την έμαθαν από τους παππούδες τους, κι ούτω καθεξής, μέχρι τη δημιουργία του κόσμου. Εκείνη την εποχή, όλη η γνώση του μεγάλου έργου μπορούσε να γραφτεί σ' ένα απλό σμαράγδι. Αλλά οι άνθρωποι δεν έδωσαν σημασία στα απλά πράγματα κι άρχισαν να γράφουν πραγματείες, ερμηνείες και φιλοσοφικές μελέτες. Άρχισαν επίσης να λένε ότι ήξεραν το δρόμο καλύτερα απ' τους άλλους.

»Αλλά ο Σμαραγδένιος Πίνακας παραμένει ζωντανός μέχρι σήμερα.

– Τι ήταν γραμμένο στο Σμαραγδένιο Πίνακα; ήθελε να μάθει το αγόρι.

Ο αλχημιστής βάλθηκε να κάνει σχέδια στην άμμο· αυτό δεν κράτησε πάνω από πέντε λεπτά. Ενώ εκείνος χάραζε τα σχέδια, το αγόρι θυμήθηκε το γέρο βασιλιά και την πλατεία όπου κάποτε είχαν συναντηθεί· του φάνηκε σαν να είχαν περάσει πολλά χρόνια.

– Αυτό ήταν γραμμένο στο Σμαραγδένιο Πίνακα, είπε ο αλχημιστής όταν σταμάτησε να γράφει.

Το αγόρι πλησίασε και διάβασε τις λέξεις πάνω στην άμμο.

– Είναι ένας κώδικας, είπε το αγόρι, κάπως απογοητευμένο από το Σμαραγδένιο Πίνακα. Μοιάζει με τα βιβλία του Άγγλου.

– Όχι, απάντησε ο αλχημιστής. Είναι σαν το πέταγμα των γερακιών· δεν πρέπει να προσπαθεί να το καταλάβει κανείς μόνο με τη λογική. Ο Σμαραγδένιος Πίνακας είναι ένα άμεσο πέρασμα στην Ψυχή του Κόσμου.

»Οι σοφοί κατάλαβαν ότι αυτός ο φυσικός κόσμος δεν είναι παρά μια εικόνα και μια αντιγραφή του παραδείσου. Η ύπαρξη αυτού του κόσμου αποτελεί την εγγύηση ότι υπάρχει ένας κόσμος πιο τέλειος απ' αυτόν. Ο Θεός τον δημιούργησε ώστε να μπορέσουν οι άνθρωποι, μέσω των όσων φαίνονται, να καταλάβουν τα πνευματικά του διδάγματα και τα θαύματα της σοφίας του. Αυτό είναι που εγώ ονομάζω δράση.

– Πρέπει να καταλάβω το Σμαραγδένιο Πίνακα; ρώτησε το αγόρι.

– Ίσως, αν βρισκόσουν σ' ένα εργαστήριο αλχημείας, να ήταν τώρα η κατάλληλη στιγμή να καταλάβεις το Σμαραγδένιο Πίνακα. Τώρα όμως βρίσκεσαι στην έρημο. Να βυθιστείς, λοιπόν, στην έρημο. Αυτή είναι τόσο χρήσιμη για να καταλάβεις τον κόσμο, όσο οποιοδήποτε άλλο πράγμα πάνω στη γη. Ούτε καν χρειάζεται να καταλάβεις την έρημο: αρκεί να θαυμάσεις έναν απλό κόκκο άμμου· εκεί θ' ανακαλύψεις όλα τα θαύματα της δημιουργίας.

– Τι να κάνω για να βυθιστώ στην έρημο;
– Ν' ακούσεις την καρδιά σου. Αυτή γνωρίζει όλα τα πράγματα, επειδή κατάγεται από την Ψυχή του Κόσμου, στην οποία και θα επιστρέψει μια μέρα.

Προχώρησαν σιωπηλοί άλλες δυο μέρες. Ο αλχημιστής ήταν τώρα πιο προσεκτικός, γιατί πλησίαζαν την περιοχή των πιο σκληρών μαχών. Και το αγόρι προσπαθούσε ν' ακούσει την καρδιά του.

Ήταν μια δύσκολη καρδιά· μέχρι τώρα είχε συνηθίσει να φεύγει πάντα, από δω και πέρα ήθελε να επιστρέψει πάση θυσία. Μερικές φορές, η καρδιά του διηγιόταν με τις ώρες ιστορίες νοσταλγίας, άλλες φορές συγκινούνταν με την ανατολή του ήλιου στην έρημο, κάτι που έκανε το αγόρι να δακρύζει κρυφά. Η καρδιά χτυπούσε πιο γρήγορα όταν έλεγε στο αγόρι για το θησαυρό, χτυπούσε όμως πιο αργά όταν το βλέμμα του αγοριού χανόταν στον απέραντο ορίζοντα της ερήμου. Ποτέ όμως δε σιωπούσε, ακόμη κι αν το αγόρι δεν αντάλλαζε λέξη με τον αλχημιστή.

– Γιατί πρέπει ν' ακούμε την καρδιά; ρώτησε το αγόρι εκείνη τη μέρα, καθώς έστηναν τη σκηνή.

– Γιατί όπου είναι η καρδιά σου, εκεί είναι και ο θησαυρός σου.

– Η καρδιά μου είναι ταραγμένη, είπε το αγόρι. Βλέπει όνειρα, συγκινείται, είναι ερωτευμένη με μια γυναίκα της ερήμου. Μου ζητά πράγματα και, πολλές νύχτες, όταν τη σκέφτομαι, δε μ' αφήνει να κοιμηθώ.

– Αυτό είναι καλό. Η καρδιά σου είναι ζωντανή. Συνέχιζε ν' ακούς αυτά που έχει να σου πει.

Τις επόμενες τρεις μέρες συνάντησαν πολλούς πολεμιστές και διέκριναν άλλους στον ορίζοντα. Η καρδιά του αγοριού άρχισε να μιλάει για το φόβο. Διηγιόταν στο αγόρι ιστορίες που είχε ακούσει από την Ψυχή του Κόσμου, ιστορίες ανθρώπων που είχαν ξεκινήσει μάταια σε αναζήτηση θησαυρών. Μερικές φορές τρόμαζε το αγόρι με τη σκέψη ότι δε θα κατάφερνε να βρει το θησαυρό ή ότι θα πέθαινε στην έρημο. Άλλες φορές έλεγε στο αγόρι ότι αισθανόταν ήδη ικανοποιημένη, αφού είχε βρει κιόλας μια αγάπη και πολλά χρυσά νομίσματα.

– Η καρδιά μου με προδίδει, είπε το αγόρι στον αλχημιστή, όταν έκαναν στάση για να ξεκουραστούν τα άλογα. Δε θέλει να συνεχίσω.

– Αυτό είναι καλό. Αποδεικνύει ότι η καρδιά σου είναι ζωντανή. Είναι φυσικό να φοβάσαι να ανταλλάξεις μ' ένα όνειρο όσα έχεις καταφέρει μέχρι τώρα.

— Τότε γιατί πρέπει ν' ακούω την καρδιά μου;
— Γιατί ποτέ δε θα καταφέρεις να την κάνεις να βουβαθεί. Ακόμη κι αν προσποιηθείς ότι δεν ακούς τι σου λέει, αυτή θα είναι μέσα στο στήθος σου, επαναλαμβάνοντας πάντα αυτό που σκέφτεται για τη ζωή και τον κόσμο.
— Ακόμη κι αν με προδώσει;
— Προδοσία είναι το απροσδόκητο χτύπημα. Αν γνωρίζεις καλά την καρδιά σου, δε θα σε αιφνιδιάσει ποτέ. Γιατί θα γνωρίζεις τα όνειρα και τις επιθυμίες σου και θα ξέρεις πώς ν' αντιδράσεις. Κανείς δεν μπορεί ν' αγνοήσει την καρδιά του. Επομένως, είναι καλύτερα ν' ακούς τι σου λέει. Για να μην καταφέρει ποτέ να σε αιφνιδιάσει.

Το αγόρι εξακολουθούσε ν' ακούει την καρδιά του, ενώ προχωρούσαν στην έρημο. Σιγά σιγά έμαθε τις πονηριές και τα κόλπα της, έμαθε να τη δέχεται όπως ήταν. Τότε το αγόρι έπαψε να φοβάται κι έπαψε και η επιθυμία του να γυρίσει πίσω, γιατί κάποιο απόγευμα η καρδιά του του είπε ότι ήταν ευχαριστημένη. «Μπορεί να διαμαρτύρομαι μερικές φορές», έλεγε η καρδιά του, «επειδή είμαι μια καρδιά ανθρώπου και οι καρδιές των ανθρώπων είναι έτσι. Φοβούνται να πραγματοποιήσουν τα μεγαλύτερά τους όνειρα, επειδή νομίζουν ότι δεν το αξίζουν ή ότι δε θα τα καταφέρουν. Εμείς οι καρδιές πεθαίνουμε από το φόβο, μόνο και μόνο που σκεφτόμαστε αγάπες που έφυγαν για πάντα, στιγμές που θα μπορούσαν να είναι καλές και δεν ήταν, θησαυρούς που θα μπορούσαν να είχαν ανακαλυφθεί και όμως έμειναν για πάντα θαμμένοι στην άμμο. Γιατί όταν κάτι τέτοιο συμβαίνει, στο τέλος υποφέρουμε πολύ».

– Η καρδιά μου φοβάται τον πόνο, είπε το αγόρι στον αλχημιστή μια νύχτα που κοιτούσαν τον αφέγγαρο ουρανό.

– Πες της ότι ο φόβος του πόνου είναι χειρότερος κι από τον ίδιο τον πόνο. Και ότι καμιά καρδιά δεν υπέφερε ποτέ όταν ξεκίνησε να αναζητήσει τα όνειρά της, γιατί κάθε στιγμή αναζήτησης είναι μια στιγμή συνάντησης με το Θεό και την αιωνιότητα.

«Κάθε στιγμή αναζήτησης είναι μια στιγμή συνάντησης», είπε το αγόρι στην καρδιά του. «Ενώ αναζητούσα το θησαυρό μου, η κάθε μέρα ήταν φωτεινή, γιατί ήξερα ότι η κάθε ώρα της ήταν μέρος του ονείρου μου να τον ανακαλύψω. Ενώ αναζητούσα αυτό το όνειρο, στην πορεία, ανακάλυψα πράγματα που ποτέ δεν έλπιζα ότι θα τα βρω, αν δεν είχα βρει το θάρρος να αποτολμήσω πράγματα αδύνατα για τους βοσκούς».

Τότε η καρδιά του ηρέμησε για ένα ολόκληρο απόγευμα. Τη νύχτα το αγόρι κοιμήθηκε ήσυχα κι όταν ξύπνησε η καρδιά του βάλθηκε να του διηγείται τα πράγματα της Ψυχής του Κόσμου. Του είπε ότι κάθε ευτυχισμένος άνθρωπος κουβαλούσε το Θεό μέσα του. Και ότι την ευτυχία μπορούμε να τη βρούμε σ' έναν απλό κόκκο άμμου της ερήμου, όπως είχε πει ο αλχημιστής. Γιατί ένας κόκκος άμμου είναι μια στιγμή της δημιουργίας και το σύμπαν χρειάστηκε χιλιάδες, εκατομμύρια χρόνια για να τον δημιουργήσει.

«Ο κάθε άνθρωπος πάνω στη γη έχει ένα θησαυρό που τον περιμένει», του είπε η καρδιά του. «Εμείς οι καρδιές, συνήθως, μιλάμε σπάνια γι' αυτούς τους θησαυρούς, γιατί οι άνθρωποι δε θέλουν πια να τους βρουν. Μόνο στα μικρά παιδιά μιλάμε. Μετά αφήνουμε τη ζωή να οδηγήσει τον καθένα στον προορισμό του. Αλλά, δυστυχώς, λίγοι είναι εκείνοι που ακολουθούν το δρόμο που είναι χαραγμένος γι' αυτούς, το δρόμο του Προσωπικού Μύθου και της ευτυχίας. Νιώθουν τον κόσμο σαν κάτι το απειλητικό και γι' αυτό γίνεται ο κόσμος κάτι το απειλητικό.

»Τότε εμείς οι καρδιές μιλάμε όλο και πιο σιγά, αλλά ποτέ δε σιωπούμε. Και ευχόμαστε για να μην ακουστούν τα λόγια μας: δε θέλουμε να υποφέρουν οι άνθρωποι επειδή δεν ακολούθησαν τις καρδιές τους».

– Γιατί δε λένε οι καρδιές στους ανθρώπους ότι πρέπει να συνεχίσουν την πορεία προς τα όνειρά τους; ρώτησε το αγόρι τον αλχημιστή.

– Γιατί, σε μια τέτοια περίπτωση, η καρδιά υποφέρει πιο πολύ απ' όλους. Και στις καρδιές δεν αρέσει να υποφέρουν.

Από κείνη τη μέρα, το αγόρι κατάλαβε την καρδιά του. Την παρακάλεσε να μην τον εγκαταλείψει ποτέ. Κι αν κάποτε εκείνος απομακρυνόταν από τα όνειρά του, να του σφίξει το στήθος και να κρούσει τον κώδωνα του κινδύνου. Το αγόρι ορκίστηκε να προσέχει πάντα αυτό το σημάδι, θα το υπάκουε.

Εκείνη τη νύχτα εκμυστηρεύτηκε τα πάντα στον αλχημιστή. Και ο αλχημιστής κατάλαβε ότι η καρδιά του αγοριού είχε επιστρέψει στην Ψυχή του Κόσμου.

– Τι να κάνω τώρα; ρώτησε το αγόρι.

– Κατευθύνσου προς τις πυραμίδες, είπε ο αλχημιστής. Και εξακολούθησε να προσέχεις τα σημάδια. Η καρδιά σου είναι πια ικανή να σου δείξει το θησαυρό.

– Αυτό είναι που μου απέμενε να μάθω;

– Όχι, απάντησε ο αλχημιστής. Αυτό που ακόμη πρέπει να μάθεις είναι το εξής:

»Πάντα, πριν πραγματοποιήσει ένα όνειρο, η Ψυχή του Κόσμου αποφασίζει να ελέγξει τι μαθεύτηκε κατά την πορεία. Και αυτό, όχι επειδή είναι κακιά, αλλά για να μπορέσουμε, μαζί με το όνειρό μας, να κάνουμε κτήμα και αυτά που μάθαμε κατά την πορεία μας προς τα εκεί. Αυτή είναι η στιγμή που οι περισσότεροι άνθρωποι τα παρατάνε. Είναι αυτό που στη γλώσσα της ερήμου το λέμε: "Να πεθάνεις από τη δίψα, ενώ οι φοινικιές φαίνονται πια στον ορίζοντα".

»Μια αναζήτηση αρχίζει πάντα με την τύχη του πρωτάρη. Και τελειώνει πάντα με τη δοκιμασία του κατακτητή.

Το αγόρι θυμήθηκε μια παλιά παροιμία της χώρας του. Έλεγε ότι η πιο σκοτεινή ώρα ήταν εκείνη πριν από την ανατολή.

Την επομενη εμφανίστηκε το πρώτο συγκεκριμένο σημάδι κινδύνου. Τρεις πολεμιστές πλησίασαν και τους ρώτησαν τι γύρευαν οι δυο τους εκεί πέρα.

– Βγήκα για κυνήγι με το γεράκι μου, απάντησε ο αλχημιστής.

– Πρέπει να σας ψάξουμε για να σιγουρευτούμε ότι δεν κουβαλάτε όπλα, είπε ένας από τους πολεμιστές.

Ο αλχημιστής κατέβηκε απ' το άλογο. Το ίδιο και το αγόρι.

– Γιατί τόσο πολλά λεφτά; ρώτησε ο πολεμιστής ψάχνοντας το δισάκι του αγοριού.

– Για να φτάσουμε μέχρι την Αίγυπτο, είπε εκείνος.

Ο φρουρός που έψαξε τον αλχημιστή βρήκε ένα κρυστάλλινο μπουκαλάκι γεμάτο υγρό κι ένα γυάλινο κιτρινωπό αβγό, λίγο πιο μεγάλο από ένα αβγό κότας.

– Τι είναι αυτά τα πράγματα; ρώτησε ο φρουρός.

– Η φιλοσοφική λίθος και το ελιξήριο μακροζωίας. Είναι το μεγάλο έργο των αλχημιστών. Όποιος πιει αυτό το ελιξήριο δε θα αρρωστήσει ποτέ κι ένα θρύψαλο απ' αυτό το λίθο μετατρέπει οποιοδήποτε μέταλλο σε χρυσάφι.

Οι φρουροί ξεκαρδίστηκαν στα γέλια και ο αλχημιστής γέλασε μαζί τους. Είχαν βρει την απάντηση πολύ αστεία και τους άφησαν να φύγουν χωρίς άλλες φασαρίες, μ' όλα τα υπάρχοντά τους.

– Τρελαθήκατε; ρώτησε το αγόρι τον αλχημιστή, αφού οι άλλοι είχαν απομακρυνθεί αρκετά. Γιατί το κάνατε αυτό;

– Για να σου δείξω έναν απλό νόμο του κόσμου, απάντησε ο αλχημιστής. Όταν έχουμε τους μεγάλους θησαυρούς μπροστά μας, δεν το παίρνουμε είδηση. Και ξέρεις γιατί; Γιατί οι άνθρωποι δεν πιστεύουν σε θησαυρούς.

Συνέχισαν την πορεία τους στην έρημο. Με την κάθε μέρα που περνούσε, η καρδιά του αγοριού γινόταν όλο και πιο σιωπηλή. Δε νοιαζόταν πια για το παρελθόν ή για το μέλλον· της ήταν αρκετό ν' αγναντεύει κι εκείνη την έρημο και να πίνει μαζί με το αγόρι από την Ψυχή του Κόσμου. Εκείνος και η καρδιά του έγιναν στενοί φίλοι, δε χωρούσε πια η προδοσία ανάμεσά τους.

Όταν η καρδιά μιλούσε, ήταν για να ενθαρρύνει το αγόρι, το οποίο καμιά φορά, τις σιωπηλές μέρες, βαριόταν φοβερά. Η καρδιά του του μίλησε για πρώτη φορά για τα μεγάλα προσόντα του: για το θάρρος του να εγκαταλείψει τα πρόβατά του για να ζήσει τον Προσωπικό του Μύθο και για τον ενθουσιασμό του στο μαγαζί κρυστάλλων.

Του μίλησε επίσης για κάτι άλλο, που το αγόρι δεν είχε προσέξει ποτέ: για τους κινδύνους που τον είχαν αγγίξει χωρίς αυτός καν να τους πάρει είδηση. Η καρδιά του είπε ότι μια μέρα είχε κρύψει το πιστόλι που αυτός είχε κλέψει από τον πατέρα του, γιατί υπήρχε μεγάλος κίνδυνος να αυτοτραυματιστεί. Και του υπενθύμισε ότι μια μέρα που είχε αισθανθεί αδιάθετος στη μέση της πεδιάδας, είχε κάνει εμετό και μετά τον είχε πάρει ο ύπνος για λίγο: λίγο πιο πέρα στέκονταν δυο ληστές που είχαν σχεδιάσει να του κλέψουν τα πρόβατα και να τον δολοφονήσουν. Επειδή όμως το αγόρι αργούσε να εμφανιστεί, έβγαλαν το συμπέρασμα ότι είχε πάρει άλλο δρόμο κι έφυγαν.

– Οι καρδιές βοηθούν πάντα τους ανθρώπους; ρώτησε το αγόρι τον αλχημιστή.

– Μόνο εκείνους που ζουν τον Προσωπικό τους Μύθο. Αλλά βοηθούν πολύ τα παιδιά, τους μεθύστακες και τους ηλικιωμένους.

– Αυτό θα πει ότι δε διατρέχουν κίνδυνο;

– Αυτό θα πει απλούστατα ότι οι καρδιές κάνουν ό,τι καλύτερο μπορούν, απάντησε ο αλχημιστής.

Κάποιο απόγευμα, πέρασαν από την κατασκήνωση μιας από τις φυλές. Παντού υπήρχαν πάνοπλοι Άραβες με εντυπωσιακά άσπρα ρούχα. Οι άντρες κάπνιζαν ναργιλέ και συζητούσαν για τις μάχες. Κανείς δεν έδωσε την παραμικρή σημασία στους δύο ταξιδιώτες.

– Δεν υπάρχει κανένας κίνδυνος, είπε το αγόρι, αφού είχαν απομακρυνθεί λίγο από την κατασκήνωση.

Ο αλχημιστής έγινε έξαλλος.

– Να εμπιστεύεσαι την καρδιά σου, είπε, μην ξεχνάς όμως ότι βρίσκεσαι στην έρημο. Όταν οι άνθρωποι κάνουν πόλεμο, αισθάνεται και η Ψυχή του Κόσμου τις κραυγές της μάχης. Κανείς δε γλιτώνει τις συνέπειες από το παραμικρό που συμβαίνει κάτω από τον ήλιο.

«Τα πάντα είναι ένα και μοναδικό πράγμα», σκέφτηκε το αγόρι.

Λες και ήθελε η μοίρα ν' αποδείξει ότι ο αλχημιστής είχε δίκιο, δύο πολεμιστές εμφανίστηκαν πίσω από τους ταξιδιώτες.

– Δεν επιτρέπεται να συνεχίσετε, είπε ο ένας. Βρίσκεστε στην περιοχή όπου γίνονται οι μάχες.

Ο ΑΛΧΗΜΙΣΤΗΣ

– Δε θα πάω πολύ μακριά, απάντησε ο αλχημιστής κοιτάζοντας τους δυο πολεμιστές βαθιά στα μάτια. Αυτοί έμειναν σιωπηλοί λίγα λεπτά και μετά τους άφησαν να συνεχίσουν το ταξίδι.

Το αγόρι τα παρακολουθούσε μαγεμένο όλα αυτά.

– Αιχμαλωτίσατε τους δυο φρουρούς με το βλέμμα, σχολίασε.

– Τα μάτια καθρεφτίζουν τη δύναμη της ψυχής, απάντησε ο αλχημιστής.

«Σωστά», σκέφτηκε το αγόρι. Είχε αντιληφθεί ότι μέσα στο πλήθος των πολεμιστών στον καταυλισμό, ένας απ' αυτούς τους είχε καρφώσει με το βλέμμα του. Και στεκόταν τόσο μακριά, που ούτε καν το πρόσωπό του δεν μπορούσε να διακρίνει. Αλλά ήταν σίγουρος ότι τους κοιτούσε.

Τελικά, όταν άρχισαν να διασχίζουν μια οροσειρά που εκτεινόταν σ' όλο τον ορίζοντα, ο αλχημιστής είπε ότι σε δύο μόνο μέρες θα είχαν φτάσει στις πυραμίδες.

– Αν είναι να χωριστούμε μετά, απάντησε το αγόρι, μάθετέ με αλχημεία.

– Την έμαθες κιόλας. Θα πει να διεισδύεις στην Ψυχή του Κόσμου και ν' ανακαλύπτεις το θησαυρό που εκείνη κράτησε για τον καθέναν.

– Δεν είναι αυτό που θέλω να μάθω. Εννοώ το να μετατρέπω μολύβι σε χρυσάφι.

Ο αλχημιστής σεβάστηκε τη σιωπή της ερήμου κι απάντησε στο αγόρι μόνο όταν έκαναν στάση για φαγητό.

– Όλα στο σύμπαν εξελίσσονται, είπε εκείνος. Και για τους σοφούς το χρυσάφι είναι το πιο εξελιγμένο μέταλλο. Μη με ρωτάς γιατί· δεν το ξέρω. Το μόνο που ξέρω είναι ότι η παράδοση έχει πάντα δίκιο.

»Οι άνθρωποι είναι εκείνοι που δεν ερμηνεύουν σωστά τα λόγια των σοφών. Και από σύμβολο της εξέλιξης, το χρυσάφι μετατράπηκε σε αιτία πολέμων.

– Τα πράγματα μιλάνε πολλές γλώσσες, είπε το αγόρι. Άκουσα το χλιμίντρισμα της καμήλας σαν απλό χλιμίντρισμα, εξελίχτηκε μετά σε σήμα κινδύνου και ξανάγινε τελικά χλιμίντρισμα.

Και σιώπησε. Ο αλχημιστής μάλλον τα ήξερε όλα αυτά.

– Γνώρισα αληθινούς αλχημιστές, συνέχισε. Κλειδώνονταν στο εργαστήριό τους και προσπαθούσαν να εξελιχτούν κι εκείνοι μαζί με το χρυσάφι· ανακάλυψαν τη φιλοσοφική λίθο. Γιατί είχαν καταλάβει ότι, όταν κάτι εξελίσσεται, εξελίσσεται μαζί και ό,τι είναι γύρω του.

»Άλλοι ανακάλυψαν τυχαία τη λίθο. Ήταν κιόλας προικισμένοι, οι ψυχές τους ήταν πιο αφυπνισμένες από τις ψυχές των άλλων ανθρώπων. Αυτοί όμως δε λογαριάζονται, γιατί είναι ελάχιστοι.

»Άλλοι, τέλος, έψαχναν μόνο χρυσάφι. Αυτοί δεν ανακάλυψαν ποτέ το μυστικό. Ξέχασαν ότι το μολύβι, ο χαλκός, το σίδερο έχουν κι αυτά έναν Προσωπικό Μύθο να πραγματοποιήσουν. Όποιος επεμβαίνει στον Προσωπικό Μύθο των άλλων ποτέ δε θα ανακαλύψει τον δικό του.

Τα λόγια του αλχημιστή ακούστηκαν σαν κατάρα. Έσκυψε και έπιασε ένα κοχύλι από κάτω.

– Εδώ υπήρχε κάποτε θάλασσα, είπε.

– Το είχα προσέξει, απάντησε το αγόρι.

– Η θάλασσα φυλάγεται μέσα σ' αυτό το κοχύλι, γιατί είναι ο Προσωπικός Μύθος του. Ποτέ δε θα το εγκαταλείψει, μέχρι να καλυφθεί ξανά η έρημος από νερό.

Στη συνέχεια, ανέβηκαν στα άλογά τους και τράβηξαν προς τις πυραμίδες της Αιγύπτου.

Ο ήλιος είχε αρχίσει να γέρνει, όταν η καρδιά του αγοριού τον προειδοποίησε ότι κινδύνευαν. Βρίσκονταν ανάμεσα σε γιγαντιαίους αμμόλοφους και το αγόρι κοίταξε τον αλχημιστή, αλλά εκείνος δεν έδειχνε να έχει προσέξει τίποτε. Πέντε λεπτά αργότερα, το αγόρι διέκρινε δυο καβαλάρηδες μπροστά του· οι σιλουέτες τους διαγράφονταν αντίθετα στον ήλιο. Πριν προλάβει να μιλήσει με τον αλχημιστή, οι δυο καβαλάρηδες έγιναν δέκα, μετά εκατό, μέχρι που κάλυψαν τους γιγαντιαίους αμμόλοφους.

Ήταν πολεμιστές ντυμένοι στα μπλε, με μια μαύρη ταινία γύρω από τα τουρμπάνια τους. Είχαν καλύψει τα πρόσωπά τους μ' ένα άλλο μπλε πέπλο, που άφηνε ακάλυπτα μόνο τα μάτια.

Ακόμη κι από μακριά τα μάτια τους φανέρωναν τη δύναμη της ψυχής τους. Και τα μάτια αυτά μιλούσαν για θάνατο.

Τους οδήγησαν σε ένα στρατόπεδο εκεί κοντά. Ένας στρατιώτης έσπρωξε το αγόρι και τον αλχημιστή μέσα σε μια σκηνή. Ήταν μια σκηνή διαφορετική από τις άλλες που το αγόρι είχε γνωρίσει στην όαση· εκεί μέσα ένας αρχιστράτηγος έκανε σύσκεψη με τους αξιωματικούς του επιτελείου του.

– Είναι οι κατάσκοποι, είπε ένας από τους άντρες.

– Είμαστε απλοί ταξιδιώτες, απάντησε ο αλχημιστής.

– Σας είδαν στον καταυλισμό του εχθρού πριν από τρεις μέρες. Και μιλήσατε μ' έναν από τους πολεμιστές.

– Είμαι ένας άνθρωπος που βαδίζει στην έρημο και γνωρίζει τα αστέρια, είπε ο αλχημιστής. Δεν έχω πληροφορίες για στρατούς ή για κίνηση των φυλών. Απλώς οδηγούσα το φίλο μου μέχρι εδώ.

– Ποιος είναι ο φίλος σας; ρώτησε ο αρχιστράτηγος.

– Ένας αλχημιστής, είπε ο αλχημιστής. Έμαθε τις

δυνάμεις της φύσης. Και επιθυμεί να δείξει στο διοικητή τις εξαιρετικές του δυνατότητες.

Το αγόρι άκουγε σιωπηλό. Και φοβισμένο.

— Τι γυρεύει ένας ξένος σε ξένη χώρα; είπε ένας άλλος άντρας.

— Έφερε λεφτά για να τα προσφέρει στη φυλή σας, απάντησε ο αλχημιστής πριν προλάβει το αγόρι να πει λέξη. Και πιάνοντας το δισάκι του αγοριού, παρέδωσε τα χρυσά νομίσματα στον αρχιστράτηγο.

Ο Άραβας τα δέχτηκε σιωπηλός. Θα μπορούσαν μ' αυτά ν' αγοραστούν πολλά όπλα.

— Και τι είναι ένας αλχημιστής; ρώτησε τελικά.

— Είναι ένας άνθρωπος που γνωρίζει τη φύση και τον κόσμο. Αν ήθελε, θα κατέστρεφε αυτή την κατασκήνωση μόνο με τη δύναμη του ανέμου.

Οι άντρες γέλασαν. Γνώριζαν τη βία του πολέμου και ήξεραν ότι ο άνεμος δεν μπορεί να καταφέρει ένα θανάσιμο χτύπημα. Στα στήθια τους όμως οι καρδιές σφίχτηκαν. Ήταν άντρες της ερήμου και φοβόνταν τους μάγους.

— Για να δούμε, είπε ο αρχιστράτηγος.

— Χρειαζόμαστε τρεις μέρες, απάντησε ο αλχημιστής. Και τούτος θα μεταμορφωθεί σε άνεμο, μόνο και μόνο για ν' αποδείξει πόσο ισχυρή είναι η δύναμή του.

Αν δεν το καταφέρει, εμείς προσφέρουμε ταπεινά τις ζωές μας για την τιμή της φυλής σας.

— Δεν μπορείτε να μου προσφέρετε κάτι που μου α-νήκει ήδη, είπε με υπεροψία ο αρχιστράτηγος.

Αλλά χάρισε στους ταξιδιώτες τις τρεις μέρες.

Το αγόρι έμεινε πετρωμένο από τον τρόμο. Κι αν κατάφερε να βγει από τη σκηνή, ήταν επειδή ο αλχημιστής τον έπιασε από τα χέρια.

— Μην τους αφήσεις ν' αντιληφθούν το φόβο σου, είπε ο αλχημιστής. Πρόκειται για γενναίους άντρες και περιφρονούν τους δειλούς.

Το αγόρι όμως είχε μείνει άφωνο. Μόνο ύστερα από λίγο κατόρθωσε να μιλήσει, καθώς περπατούσαν στη μέση του στρατοπέδου. Ήταν άσκοπο να τους βάλουν φυλακή: οι Άραβες απλώς τους πήραν τα άλογα. Κι άλλη μια φορά ο κόσμος φανέρωνε τις πολλές του γλώσσες: η έρημος, πιο πριν ένα ελεύθερο απέραντο έδαφος, ήταν τώρα ένα απροσπέλαστο τείχος.

— Τους δώσατε όλο μου το θησαυρό! είπε το αγόρι. Όσα είχα κερδίσει σ' όλη μου τη ζωή!

— Και τι θα σου χρησίμευε, αν επρόκειτο να πεθάνεις; απάντησε ο αλχημιστής. Ο θησαυρός σου σε έσωσε για τρεις μέρες. Σπάνια τα λεφτά συμβάλλουν στην αναβολή του θανάτου.

Το αγόρι όμως παραήταν τρομοκρατημένο για ν' ακούσει τα σοφά λόγια. Δεν ήξερε πώς να μεταμορφωθεί σε άνεμο. Δεν ήταν αλχημιστής.

Ο αλχημιστής ζήτησε τσάι από έναν πολεμιστή και έχυσε λίγο πάνω στους καρπούς του αγοριού. Ένα κύμα ηρεμίας απλώθηκε στο σώμα του, ενώ ο αλχημιστής τού έλεγε λόγια που εκείνο δεν μπορούσε να καταλάβει.

– Να μην παραδοθείς στην απελπισία, είπε ο αλχημιστής με μια παράξενα γλυκιά φωνή. Αυτό σ' εμποδίζει να μιλήσεις με την καρδιά σου.

– Μα δεν ξέρω πώς θα μεταμορφωθώ σε άνεμο.

– Όποιος ζει τον Προσωπικό Μύθο του ξέρει ό,τι χρειάζεται να ξέρει. Μόνο ένα πράγμα καταντά απραγματοποίητο όνειρο: ο φόβος της αποτυχίας.

– Δε φοβάμαι την αποτυχία. Απλούστατα δεν ξέρω πώς να μεταμορφωθώ σε άνεμο.

– Ας το μάθεις, λοιπόν. Απ' αυτό εξαρτάται η ζωή σου.

– Κι αν δεν το καταφέρω;

– Θα πεθάνεις έχοντας ζήσει τον Προσωπικό Μύθο σου. Καλύτερα έτσι παρά να πεθάνεις σαν τα εκατομμύρια των ανθρώπων που δεν έμαθαν ότι υπάρχει ο Προσωπικός Μύθος. Μην ανησυχείς όμως.

»Ο θάνατος κάνει τους ανθρώπους να ευαισθητοποιούνται για τη ζωή.

Πέρασε η πρώτη μέρα. Έγινε μια μεγάλη μάχη και μερικοί τραυματίες μεταφέρθηκαν στο στρατόπεδο. «Ο θάνατος δεν αλλάζει τίποτε», σκεφτόταν το αγόρι. Τη θέση των σκοτωμένων πολεμιστών έπαιρναν άλλοι και η ζωή συνεχιζόταν.

– Θα μπορούσες να πεθάνεις αργότερα, φίλε μου, είπε ένας φρουρός, μπροστά στο πτώμα ενός συντρόφου του. Θα μπορούσες να πεθάνεις όταν θα γινόταν ειρήνη. Αλλά, έτσι κι αλλιώς, στο τέλος θα πέθαινες.

Το βράδυ, το αγόρι πήγε και βρήκε τον αλχημιστή. Εκείνος ετοιμαζόταν να πάει στην έρημο μαζί με το γεράκι του.

– Δεν ξέρω πώς να μεταμορφωθώ σε άνεμο, επανέλαβε το αγόρι.

– Θυμάσαι τι σου έχω πει; Ότι ο κόσμος είναι μόνο η ορατή πλευρά του Θεού; Ότι η αλχημεία συνίσταται στο να μεταφέρει την πνευματική τελειότητα στο επίπεδο της ύλης;

– Εσείς τι κάνετε τώρα;

– Ταΐζω το γεράκι μου.

– Αν δεν καταφέρω να μεταμορφωθώ σε άνεμο, θα πεθάνουμε, είπε το αγόρι. Τι νόημα έχει να ταΐζετε το γεράκι;

– Εσύ θα πεθάνεις, είπε ο αλχημιστής. Εγώ μπορώ να μεταμορφωθώ σε άνεμο.

Τη δεύτερη μέρα το αγόρι ανέβηκε στην κορυφή ενός βράχου κοντά στο στρατόπεδο. Οι φρουροί το άφησαν να περάσει· ήδη είχαν ακούσει για το μάγο που μεταμορφωνόταν σε άνεμο και δεν ήθελαν να τον πλησιάσουν. Άλλωστε, η έρημος ήταν ένα μεγάλο και απροσπέλαστο τείχος.

Πέρασε το υπόλοιπο της δεύτερης μέρας κοιτάζοντας την έρημο. Αφουγκράστηκε την καρδιά του. Και η έρημος αφουγκράστηκε το φόβο του.

Μιλούσαν και οι δυο την ίδια γλώσσα.

Την τρίτη μέρα, ο αρχιστράτηγος είχε σύσκεψη με τους αξιωματικούς του.

– Πάμε να δούμε το αγόρι που μετατρέπεται σε άνεμο, είπε ο στρατηγός στον αλχημιστή.

– Ας πάμε, απάντησε ο αλχημιστής.

Το αγόρι τούς οδήγησε στο σημείο όπου είχε καθίσει την προηγούμενη μέρα.
– Χρειάζομαι λίγο χρόνο, είπε το αγόρι.
– Δε βιαζόμαστε, απάντησε ο αρχιστράτηγος. Είμαστε άνθρωποι της ερήμου.

Το αγόρι άρχισε να κοιτάζει τον ορίζοντα τριγύρω. Βουνά στο βάθος, αμμόλοφοι, βράχοι και χαμηλά φυτά που επέμεναν να επιζούν εκεί όπου ήταν αδύνατο. Η έρημος, που τόσους μήνες τη διέσχιζε, και από την οποία, παρ' όλα αυτά, μόνο ένα πολύ μικρό μέρος γνώριζε. Σ' αυτό το μικρό μέρος είχε συναντήσει Άγγλους, καραβάνια, πολέμους φυλών και μια όαση με πενήντα χιλιάδες φοινικιές και τριακόσια πηγάδια.
– Τι γυρεύεις εδώ σήμερα; τον ρώτησε η έρημος. Δεν κοιταχτήκαμε αρκετά χτες;
– Σε κάποιο σημείο σου κρατάς τη γυναίκα που αγαπάω, είπε το αγόρι. Κι έτσι, όταν κοιτάω την άμμο σου, βλέπω και αυτή επίσης. Θέλω να γυρίσω πίσω σ' εκείνη και χρειάζομαι τη βοήθειά σου για να μεταμορφωθώ σε άνεμο.
– Τι σημαίνει αγάπη; ρώτησε η έρημος.
– Αγάπη θα πει να πετάξει το γεράκι πάνω από την

άμμο σου. Γιατί για εκείνο εσύ είσαι ένας πράσινος κάμπος και ποτέ δεν επιστρέφει χωρίς κυνήγι. Γνωρίζει τους βράχους σου, τους αμμόλοφούς σου και τα βουνά σου κι εσύ είσαι γενναιόδωρη απέναντί του.

– Το ράμφος του γερακιού με κατασπαράζει, είπε η έρημος. Επί χρόνια φροντίζω τα θηράματά του, τα ποτίζω με το λιγοστό νερό που διαθέτω, τους δείχνω πού να βρουν τροφή. Και ένα πρωί, το γεράκι κατεβαίνει από τον ουρανό, ακριβώς τη στιγμή που εγώ θα ένιωθα τη στοργή των θηραμάτων πάνω στην άμμο μου. Επιτίθεται σ' αυτά που εγώ δημιούργησα.

– Μα γι' αυτό το σκοπό δημιούργησες τα θηράματα, απάντησε το αγόρι. Για να ταΐζεις το γεράκι. Και το γεράκι θα ταΐσει τον άνθρωπο. Και τότε και ο άνθρωπος θα ταΐσει κάποια μέρα την άμμο σου, απ' όπου θα ξαναβγούν θηράματα. Έτσι λειτουργεί ο κόσμος.

– Και αυτό είναι η αγάπη;

– Αυτό είναι η αγάπη. Αυτό που μετατρέπει τα θηράματα σε γεράκι, το γεράκι σε άνθρωπο και τον άνθρωπο ξανά σε έρημο. Αυτό κάνει το μολύβι να μετατρέπεται σε χρυσάφι· και το χρυσάφι να ξανακρύβεται μέσα στο χώμα.

– Δεν καταλαβαίνω τα λόγια σου, είπε η έρημος.

– Κατάλαβε τουλάχιστον ότι σε κάποιο σημείο της

άμμου σου με περιμένει μια γυναίκα. Γι' αυτό πρέπει να μεταμορφωθώ σε άνεμο.

Η έρημος έμεινε σιωπηλή για λίγο.

– Σου προσφέρω την άμμο μου, για να μπορεί ο άνεμος να φυσήξει. Μόνη μου όμως δεν μπορώ να κάνω τίποτε. Ζήτα τη βοήθεια του ανέμου.

Μια ελαφρή αύρα άρχισε να φυσά. Οι αξιωματικοί παρατηρούσαν από μακριά το αγόρι να μιλά σε μια γλώσσα που εκείνοι δε γνώριζαν.

Ο αλχημιστής χαμογελούσε.

Ο άνεμος πλησίασε το αγόρι και του άγγιξε το πρόσωπο. Είχε ακούσει τη συζήτησή του με την έρημο, γιατί οι άνεμοι γνωρίζουν τα πάντα. Διασχίζουν τον κόσμο χωρίς να έχουν γεννηθεί ή να πεθαίνουν σ' ένα συγκεκριμένο τόπο.

– Βοήθησέ με, είπε το αγόρι στον άνεμο. Κάποια μέρα άκουσα από μέσα σου τη φωνή της αγαπημένης μου.

– Ποιος σ' έμαθε να μιλάς τη γλώσσα της ερήμου και του ανέμου;

– Η καρδιά μου, απάντησε το αγόρι.

Ο άνεμος είχε πολλά ονόματα. Εκεί τον έλεγαν σιρόκο, γιατί οι Άραβες πίστευαν ότι ερχόταν από χώρες σκεπασμένες με νερό, όπου κατοικούσαν μαύροι άνθρωποι. Στη μακρινή χώρα του αγοριού τον έλεγαν λεβάντε, γιατί πίστευαν ότι έφερνε την άμμο της ερήμου και τις πολεμικές κραυγές των Μαυριτανών. Μπορεί σ' ένα άλλο μέρος, μακριά από τους κάμπους με τα πρόβατα, να σκέφτονται οι άνθρωποι ότι ο άνεμος γεννιόταν στην Ανδαλουσία. Ο άνεμος όμως δεν ερχόταν από πουθενά και δεν πήγαινε πουθενά, και γι' αυτό ήταν πιο δυνατός κι από την έρημο. Μια μέρα θα μπορούσε κανείς να φυτέψει δέντρα στην άμμο, ακόμη και να εκθρέψει πρόβατα, ποτέ όμως να δαμάσει τον άνεμο.

– Δεν μπορείς να γίνεις άνεμος, είπε ο άνεμος. Είμαστε δυο διαφορετικές φύσεις.

– Λάθος! είπε το αγόρι. Γνώρισα τα μυστικά της αλχημείας, ενώ τριγύριζα στον κόσμο μαζί σου. Έχω μέσα μου όλους τους ανέμους, όλες τις ερήμους, τους ωκεανούς και τ' αστέρια κι όσα δημιουργήθηκαν στο σύμπαν. Δημιουργηθήκαμε από το ίδιο Χέρι κι έχουμε την ίδια ψυχή. Θέλω να γίνω σαν εσένα, να διεισδύω παντού, να διασχίζω τις θάλασσες, να απομακρύνω την άμμο που σκεπάζει το θησαυρό μου, να φέρνω κοντά μου τη φωνή της αγαπημένης μου.

– Εκείνη τη μέρα άκουσα τη συζήτησή σου με τον αλχημιστή, είπε ο άνεμος. Εκείνος είπε ότι το κάθε πράγμα έχει τον Προσωπικό Μύθο του. Οι άνθρωποι δεν μπορούν να μεταμορφωθούν σε άνεμο.

– Δείξε μου πώς να γίνω άνεμος, μόνο για λίγα λεπτά, είπε το αγόρι. Για να μπορέσουμε να μιλήσουμε μαζί για τις απεριόριστες δυνατότητες των ανθρώπων και των ανέμων.

Ο άνεμος ήταν πολύ περίεργος και κάτι τέτοιο του ήταν άγνωστο. Θα ήθελε να συζητήσει για το ζήτημα αυτό, δεν ήξερε όμως πώς να μεταμορφώσει ανθρώπους σε άνεμο. Κι όμως, γνώριζε τόσα άλλα πράγματα! Έχτιζε ερήμους, βύθιζε καράβια, σάρωνε ολόκληρα δάση και περιδιάβαινε σε πόλεις γεμάτες μουσική και παράξενους ήχους. Νόμιζε ότι ήταν παντοδύναμος, και να που ένα αγόρι τού έλεγε ότι υπήρχαν κι άλλα πράγματα ακόμα που ένας άνεμος θα μπορούσε να κάνει.

– Αυτό είναι που το λένε αγάπη, είπε το αγόρι, βλέποντας ότι ο άνεμος ήταν έτοιμος να πραγματοποιήσει την επιθυμία του. Όταν αγαπά κανείς, τότε καταφέρνει να γίνει οτιδήποτε μέσα στη δημιουργία! Όταν αγαπά κανείς, δεν έχει ανάγκη να καταλάβει τι συμβαίνει, γιατί από εκείνη τη στιγμή όλα συμβαίνουν μέσα του, ακόμη και οι άνθρωποι οι ίδιοι μπορούν να μεταμορφωθούν σε άνεμο. Φτάνει να βοηθάνε οι άνεμοι, εννοείται.

Ο άνεμος ήταν υπερήφανος και τα λόγια του αγοριού τον εξόργισαν. Βάλθηκε να φυσά με μεγαλύτερη δύναμη, σηκώνοντας την άμμο της ερήμου. Τελικά, όμως, αναγκάστηκε να παραδεχτεί ότι, παρόλο που είχε διασχίσει όλο τον κόσμο, δεν ήξερε πώς να μεταμορφώσει τον άνθρωπο σε άνεμο. Ούτε γνώριζε την αγάπη.

– Ενώ τριγύριζα τον κόσμο, παρατήρησα ότι πολλοί άνθρωποι μιλούσαν για αγάπη κοιτάζοντας τον ουρανό, είπε ο άνεμος έξαλλος, επειδή αναγκαζόταν να παραδεχτεί τους περιορισμούς του. Ίσως να είναι καλύτερο να ρωτήσουμε τον ουρανό.

– Βοήθησέ με, λοιπόν, είπε το αγόρι. Γέμισε αυτό το σημείο με σκόνη, για να μπορέσω να κοιτάξω τον ήλιο χωρίς να τυφλωθώ.

Τότε ο άνεμος φύσηξε δυνατά και ουρανός γέμισε άμμο, αφήνοντας μόνο ένα χρυσό δίσκο στη θέση του ήλιου.

Ο ΑΛΧΗΜΙΣΤΗΣ

Στο στρατόπεδο η ορατότητα μειωνόταν ολοένα και περισσότερο. Οι άνθρωποι της ερήμου τον ήξεραν εκείνο τον άνεμο. Τον λέγανε σιμούν και ήταν χειρότερος από μια τρικυμία στη θάλασσα, μόνο που αυτοί δε γνώριζαν τη θάλασσα. Τα άλογα χλιμίντριζαν και τα όπλα σκεπάζονταν όλο και περισσότερο με άμμο.

Πάνω στο βράχο, ένας από τους αξιωματικούς στράφηκε προς τον αρχιστράτηγο και του είπε:

— Ίσως θα ήταν καλύτερα να του πούμε να σταματήσει.

Μόλις που διέκριναν το αγόρι. Τα πρόσωπά τους ήταν καλυμμένα με μπλε μαντίλια και στα μάτια τους καθρεφτιζόταν μόνο έκπληξη.

— Ας το σταματήσουμε, επέμεινε κι ένας άλλος αξιωματικός.

— Θέλω να δω το μεγαλείο του Αλάχ, είπε με σεβασμό ο στρατηγός. Θέλω να δω πώς ένας άνθρωπος μεταμορφώνεται σε άνεμο.

Στο νου του όμως κατέγραψε τα ονόματα των δύο αντρών που είχαν φοβηθεί. Μόλις κόπαζε ο άνεμος, θα τους καθαιρούσε από τους βαθμούς τους, γιατί οι άντρες της ερήμου δε φοβούνται.

— Ο άνεμος μου είπε ότι γνωρίζεις την αγάπη, είπε το αγόρι στον ήλιο. Αν γνωρίζεις την αγάπη, γνωρίζεις επίσης την Ψυχή του Κόσμου, που αποτελείται από αγάπη.

— Από δω που βρίσκομαι, είπε ο ήλιος, μπορώ να δω την Ψυχή του Κόσμου. Αυτή επικοινωνεί με την ψυχή μου και μαζί κάνουμε τα φυτά ν' αναπτύσσονται και τα πρόβατα να βαδίζουν αναζητώντας σκιά. Από δω που βρίσκομαι και είμαι πολύ μακριά από τον κόσμο, έμαθα ν' αγαπάω. Ξέρω ότι, αν πλησιάσω λίγο ακόμη τη γη, τα πάντα πάνω της θα πεθάνουν και η Ψυχή του Κόσμου θα πάψει να υπάρχει. Έτσι κοιταζόμαστε και αγαπιόμαστε· εγώ της δίνω ζωή και ζεστασιά κι εκείνη ένα λόγο ύπαρξης.

— Εσύ γνωρίζεις την αγάπη, είπε το αγόρι.

— Γνωρίζω και την Ψυχή του Κόσμου, γιατί κουβεντιάζουμε πολύ, κατά τη διάρκεια αυτού του ατέλειωτου ταξιδιού στο σύμπαν. Εκείνη μου λέει ότι το μεγαλύτερό της πρόβλημα είναι ότι μέχρι σήμερα μόνο τα ορυκτά και τα φυτά κατάλαβαν ότι τα πάντα είναι ένα και μοναδικό πράγμα. Δεν είναι ανάγκη λοιπόν να γίνει το σίδερο σαν το χαλκό και ο χαλκός σαν το χρυσάφι. Ο καθένας εκτελεί την αποστολή του σ' αυτό το μοναδικό πράγμα, και όλα θα ήταν μια συμφωνία ειρήνης αν το Χέρι που τα έγραψε όλα αυτά είχε ακινητοποιηθεί την πέμπτη μέρα της δημιουργίας.

– Υπήρξε όμως μια έκτη μέρα, είπε ο ήλιος.

– Εσύ είσαι σοφός γιατί τα βλέπεις όλα από μακριά, απάντησε το αγόρι. Κι όμως, δε γνωρίζεις την αγάπη. Χωρίς την έκτη μέρα δημιουργίας, δε θα υπήρχε ο άνθρωπος και ο χαλκός θα ήταν πάντα χαλκός και το μολύβι θα ήταν πάντα μολύβι. Ο καθένας έχει το δικό του Προσωπικό Μύθο, αυτό είναι αλήθεια, αλλά μια μέρα αυτός ο Προσωπικός Μύθος θα γίνει πραγματικότητα. Τότε πρέπει να μετατραπεί σε κάτι καλύτερο και να έχει έναν καινούριο Προσωπικό Μύθο μέχρι να γίνει η Ψυχή του Κόσμου, πραγματικά, ένα και μοναδικό πράγμα.

Ο ήλιος έμεινε σκεφτικός και αποφάσισε να λάμψει πιο δυνατά. Ο άνεμος, που απολάμβανε τη συζήτηση, φύσηξε κι αυτός πιο δυνατά, ώστε ο ήλιος να μην τυφλώσει το αγόρι.

– Για το σκοπό αυτό υπάρχει η αλχημεία, είπε το αγόρι. Για να ψάξει ο κάθε άνθρωπος για το θησαυρό του και να τον βρει και για να θέλει μετά να είναι καλύτερος απ' ό,τι ήταν μέχρι τώρα. Το μολύβι θα εκτελέσει την αποστολή του μέχρι που ο κόσμος δε θα χρειάζεται πια μολύβι· τότε θα αναγκαστεί να μετατραπεί σε χρυσάφι.

»Οι αλχημιστές το κάνουν αυτό. Δείχνουν ότι, όταν προσπαθούμε να γίνουμε καλύτεροι απ' ό,τι είμαστε, τα πάντα γύρω μας γίνονται επίσης καλύτερα.

– Και γιατί λες ότι εγώ δε γνωρίζω την αγάπη; ρώτησε ο ήλιος.

– Γιατί η αγάπη δε θα πει να μένεις ακίνητος όπως η έρημος ούτε να διασχίζεις τον κόσμο όπως ο άνεμος ούτε να τα βλέπεις όλα από μακριά, όπως εσύ. Η αγάπη είναι η δύναμη που μεταμορφώνει και καλυτερεύει την Ψυχή του Κόσμου. Όταν μπήκα μέσα της πρώτη φορά, τη βρήκα τέλεια. Μετά, όμως, διαπίστωσα ότι ήταν μια αντανάκλαση όλων των υπάρξεων και ότι είχε τους πολέμους και τα πάθη της. Εμείς είμαστε εκείνοι που τροφοδοτούμε την Ψυχή του Κόσμου και η γη που ζούμε θα είναι καλύτερη ή χειρότερη, αν εμείς είμαστε καλύτεροι ή χειρότεροι. Εκεί μπαίνει τότε η δύναμη της αγάπης, γιατί, όταν αγαπάμε, επιθυμούμε πάντα να γίνουμε καλύτεροι απ' ό,τι είμαστε.

– Και τι θέλεις εσύ από μένα; ρώτησε ο ήλιος.

– Να με βοηθήσεις να μεταμορφωθώ σε άνεμο, απάντησε το αγόρι.

– Η φύση με αναγνωρίζει ως την πιο σοφή απ' όλες τις υπάρξεις, είπε ο ήλιος. Δεν ξέρω όμως πώς να σε μεταμορφώσω σε άνεμο.

— Με ποιον πρέπει τότε να μιλήσω;

Για μια στιγμή ο ήλιος έμεινε ακίνητος. Ο άνεμος άκουγε και διέδιδε σ' όλο τον κόσμο ότι η σοφία του ήλιου ήταν απέραντη. Κι όμως, δεν έβρισκε τρόπο να ξεφύγει από εκείνο το αγόρι, που μιλούσε τη Γλώσσα του Κόσμου.

— Να συζητήσεις με το Χέρι που τα έγραψε όλα, είπε ο ήλιος.

Ο άνεμος έβγαλε μια κραυγή χαράς και φύσηξε πιο δυνατά παρά ποτέ άλλοτε. Οι σκηνές ξεριζώθηκαν από την άμμο, τα ζώα απελευθερώθηκαν από τα χαλινάρια τους. Πάνω στο βράχο οι άντρες κρατιόνταν ο ένας από τον άλλο για να μην παρασυρθούν μακριά.

Τότε το αγόρι απευθύνθηκε στο Χέρι που είχε γράψει τα πάντα. Δεν είπε όμως τίποτε, μόνο αισθάνθηκε ότι το σύμπαν έμεινε σιωπηλό κι έμεινε κι αυτό σιωπηλό.

Μια δύναμη αγάπης ξεχύθηκε από την καρδιά του και το αγόρι άρχισε να προσεύχεται. Ήταν μια προσευχή που δεν την είχε πει ποτέ άλλοτε, γιατί ήταν προσευχή χωρίς λόγια και ικεσίες. Δεν ευχαριστούσε επειδή τα πρόβατά του είχαν βρει βοσκή ούτε ικέτευε για να πουλήσει πιο πολλά κρύσταλλα ούτε παρακαλούσε να περιμένει την επιστροφή του η γυναίκα που είχε συναντήσει. Μέσα στη σιωπή που ακολούθησε, το αγόρι κατάλαβε ότι η έρημος, ο άνεμος και ο ήλιος έψαχναν επίσης για τα σημάδια που εκείνο το Χέρι είχε γράψει και προσπαθούσαν να πραγματοποιήσουν τις πορείες τους και να καταλάβουν τι ήταν γραμμένο σ' ένα απλό σμαράγδι. Ήξερε ότι εκείνα τα σημάδια ήταν διασκορπισμένα στη γη και στο διάστημα και ότι φαινομενικά δεν είχαν κανένα λόγο ύπαρξης, κανένα νόημα, και πως ούτε οι έρημοι ούτε οι άνεμοι ούτε οι ήλιοι ούτε και οι άνθρωποι ήξεραν για ποιο λόγο είχαν δημιουργηθεί. Αλλά εκείνο το Χέρι για τα πάντα είχε μια εξήγηση και μόνο εκείνο είχε την ικανότητα να κάνει θαύματα, να μετατρέψει ωκεανούς σε ερήμους και ανθρώπους σε άνεμο. Γιατί μόνο εκείνο καταλάβαινε ότι ένας σημαντικότερος σκοπός ωθούσε το σύμπαν μέχρι το σημείο όπου οι έξι μέρες της δημιουργίας θα μετατρέπονταν στο μεγάλο έργο.

Και το αγόρι βυθίστηκε στην Ψυχή του Κόσμου και είδε ότι η Ψυχή του Κόσμου είναι μέρος της ψυχής του

Θεού, και είδε ότι η ψυχή του Θεού ήταν η ίδια η ψυχή του. Και ότι μπορούσε, τότε, να κάνει θαύματα.

Εκείνη τη μέρα, ο σιμούν φύσηξε όπως δεν είχε φυσήξει ποτέ. Για πολλές γενιές οι Άραβες διηγιόταν μεταξύ τους το μύθο ενός αγοριού που είχε μεταμορφωθεί σε άνεμο και παραλίγο να καταστρέψει ένα στρατόπεδο αψηφώντας την εξουσία του πιο ισχυρού αρχιστράτηγου της ερήμου.

Όταν ο σιμούν κόπασε, όλοι κοίταξαν προς το σημείο όπου λίγο νωρίτερα βρισκόταν το αγόρι. Δεν ήταν πια εκεί· στεκόταν δίπλα σ' ένα φρουρό, που είχε σχεδόν σκεπαστεί από την άμμο και που φρουρούσε στην άλλη πλευρά του στρατοπέδου.

Οι άντρες είχαν τρομοκρατηθεί από τη μαγεία. Μόνο δύο άτομα χαμογελούσαν: ο αλχημιστής, γιατί είχε βρει τον κατάλληλο μαθητή, και ο αρχιστράτηγος, γιατί ο μαθητής είχε καταλάβει τη δόξα του Θεού.

Την επομένη, ο αρχιστράτηγος αποχαιρέτησε το αγόρι και τον αλχημιστή και διέταξε να τους συνοδεύσει ένα απόσπασμα μέχρι εκεί όπου επιθυμούσαν.

Προχωρησαν όλη τη μέρα. Προς το απόγευμα έκαναν στάση μπροστά σ' ένα μοναστήρι Κοπτών. Ο αλχημιστής είπε στο απόσπασμα ότι ήταν ελεύθεροι να φύγουν και κατέβηκε από το άλογο.

- Από δω και πέρα, θα συνεχίσεις μόνος σου, είπε ο αλχημιστής. Οι πυραμίδες απέχουν μόνο τρεις ώρες από δω.

- Ευχαριστώ, είπε το αγόρι. Μου μάθατε τη Γλώσσα του Κόσμου.

- Απλούστατα, σου υπενθύμισα αυτό που ήδη ήξερες.

Ο αλχημιστής χτύπησε την πόρτα του μοναστηριού. Τους υποδέχτηκε ένας μαυροντυμένος μοναχός. Αντάλλαξαν μερικά λόγια σε κοπτική γλώσσα και ο αλχημιστής κάλεσε το αγόρι να περάσει μέσα.

- Τους παρακάλεσα να μ' αφήσουν να χρησιμοποιήσω την κουζίνα τους για λίγο, είπε.

Κατευθύνθηκαν προς την κουζίνα του μοναστηριού. Ο αλχημιστής άναψε τη φωτιά κι ο μοναχός έφερε λίγο μολύβι, το οποίο ο αλχημιστής έριξε μέσα σ' ένα σιδερένιο σκεύος. Όταν το μολύβι έλιωσε, ο αλχημιστής έβγαλε από την τσάντα του εκείνο το παράξενο αβγό από κιτρινωπό γυαλί. Έξυσε ένα στρώμα τόσο λεπτό όσο μια τρίχα μαλλιού, το τύλιξε σε κερί και το έριξε στο σκεύος με το μολύβι. Το μείγμα πήρε ένα βαθύ κόκκινο χρώμα αίματος. Στη συνέχεια, ο αλχημιστής έβγαλε το σκεύος από τη φωτιά και το άφησε να κρυώσει. Στο μεταξύ, συζητούσε με τον μοναχό για τον πόλεμο των φυλών.

— Θα διαρκέσει πολύ, είπε στον μοναχό.

Ο μοναχός φαινόταν στενοχωρημένος. Εδώ και πολύ καιρό, τα καραβάνια ήταν ακινητοποιημένα στην Γκίζα, περιμένοντας να τελειώσει ο πόλεμος. Ας γίνει όμως το θέλημα του Θεού, είπε ο μοναχός.

— Είθε, απάντησε ο αλχημιστής.

Όταν το σκεύος κρύωσε τελείως, ο μοναχός και το αγόρι κοίταξαν έκθαμβοι. Το μολύβι είχε πήξει στον κυκλικό πάτο της χύτρας, αλλά δεν ήταν πια μολύβι. Ήταν χρυσάφι.

— Θα μάθω κάποτε να το κάνω αυτό; ρώτησε το αγόρι.

— Αυτό ήταν ο Προσωπικός Μύθος μου, όχι ο δικός σου, απάντησε ο αλχημιστής. Ήθελα όμως να σου δείξω ότι κάτι τέτοιο είναι δυνατό.

Κατευθύνθηκαν πάλι προς την πόρτα του μοναστηριού. Εκεί ο αλχημιστής χώρισε το δίσκο σε τέσσερα μέρη.

– Αυτό είναι για σας, είπε προσφέροντας το ένα μέρος στον μοναχό. Για τη γενναιοδωρία σας προς τους προσκυνητές.

– Η πληρωμή που δέχομαι είναι μεγαλύτερη από τη γενναιοδωρία μου.

– Μην το ξαναπείτε αυτό ποτέ. Η ζωή μπορεί να το ακούσει και να σας δώσει λιγότερα την επόμενη φορά.

Μετά πλησίασε το αγόρι.

– Αυτό είναι για σένα. Για αποζημίωση όσων άφησες στον αρχιστράτηγο.

Το αγόρι πήγε να πει ότι ήταν περισσότερα απ' ό,τι είχε αφήσει στον αρχιστράτηγο. Δε μίλησε όμως, γιατί είχε ακούσει το σχόλιο του αλχημιστή προς τον μοναχό...

– Αυτό είναι για μένα, είπε ο αλχημιστής κρατώντας το ένα μέρος. Επειδή πρέπει να επιστρέψω μέσα από την έρημο και γίνεται πόλεμος μεταξύ των φυλών.

Έπιασε τότε το τέταρτο κομμάτι και το παρέδωσε κι αυτό στον μοναχό.

– Αυτό είναι για το αγόρι. Αν το χρειαστεί.

– Μα εγώ πάω να ψάξω το θησαυρό μου, είπε το αγόρι. Τώρα βρίσκομαι κοντά του.

– Και είμαι σίγουρος ότι θα τον βρεις, είπε ο αλχημιστής.

– Γιατί αυτό, τότε;

– Γιατί ήδη έχασες δύο φορές, μία με τον κλέφτη και άλλη μία με τον αρχιστράτηγο, τα λεφτά που είχες κερδίσει στο ταξίδι σου. Εγώ είμαι ένας προληπτικός γέρος Άραβας και πιστεύω στις παροιμίες της χώρας μου. Υπάρχει μια παροιμία που λέει: «Ό,τι συμβεί μία φορά, μπορεί να μην ξανασυμβεί. Αλλά ό,τι συμβεί δύο φορές θα τριτώσει οπωσδήποτε».

Ανέβηκαν στα άλογά τους.

– Θα σου διηγηθώ μια ιστορία για όνειρα, είπε ο αλχημιστής.

Το αγόρι ζύγωσε με το άλογό του.

– Στην αρχαία Ρώμη, την εποχή του αυτοκράτορα Τιβέριου, ζούσε ένας πολύ καλός άνθρωπος, που είχε δυο γιους: ο ένας ήταν στρατιωτικός· όταν κατατάχτηκε στο στρατό, στάλθηκε στις πιο απομακρυσμένες περιοχές της αυτοκρατορίας. Ο άλλος γιος ήταν ποιητής και μάγευε όλη τη Ρώμη με τους ωραίους του στίχους. Κάποια νύχτα, ο γέρος είδε ένα όνειρο. Ένας άγγελος εμφανίστηκε για να του πει ότι τα λόγια του ενός γιου του θα γίνονταν γνωστά και θα απαγγέλλονταν σ' όλο τον κόσμο, από όλες τις μελλοντικές γενιές. Ο γέρος ξύπνησε γεμάτος ευγνωμοσύνη κι εκείνη τη νύχτα έκλαψε, γιατί η ζωή ήταν γενναιόδωρη και του είχε αποκαλύψει κάτι που ο κάθε γονιός θα άκουγε με υπερηφάνεια. Λίγο αργότερα, ο γέρος σκοτώθηκε, προσπαθώντας να σώσει ένα παιδί που κινδύνευε να τσακιστεί κάτω από τις ρόδες μιας άμαξας. Επειδή σ' όλη του τη ζωή είχε συμπεριφερθεί σωστά και δίκαια, πήγε κατευθείαν στον παράδεισο και συνάντησε τον άγγελο που είχε εμφανιστεί στο όνειρό του.

»"Ήσουν καλός άνθρωπος", του είπε ο άγγελος. "Έζησες τη ζωή σου με αγάπη και πέθανες με αξιοπρέπεια. Μπορώ τώρα να ικανοποιήσω την κάθε σου επιθυμία".

»"Ήταν και η ζωή πολύ καλή με μένα", απάντησε ο γέρος. "Όταν εμφανίστηκες στ' όνειρό μου, αισθάνθηκα ότι όλες οι προσπάθειές μου είχαν δικαιωθεί. Γιατί οι στίχοι του γιου μου θα μείνουν στη μνήμη των ανθρώπων στους μελλοντικούς αιώνες. Δε ζητάω τίποτε για μένα· παρ' όλα αυτά ο κάθε γονιός θα αισθανόταν υπερήφανος να μάθει ότι εκείνος τον οποίο μεγάλωσε και ανέθρεψε έγινε διάσημος. Θα ήθελα να ξέρω ότι τα λόγια του γιου μου θ' ακουστούν στο μακρινό μέλλον".

»Ο άγγελος άγγιξε τον ώμο του γέροντα και οι δυο τους μεταφέρθηκαν σ' ένα μακρινό μέλλον. Γύρω τους εμφανίστηκε ένας απέραντος χώρος, με χιλιάδες ανθρώπους, που μιλούσαν μια παράξενη γλώσσα.

»Ο γέρος έκλαψε απ' τη χαρά του.

»"Το ήξερα ότι οι στίχοι του γιου μου, του ποιητή, ήταν καλοί και αθάνατοι", είπε στον άγγελο. "Θα ήθελα να μάθω ποια ποιήματά του απαγγέλλουν αυτοί οι άνθρωποι".

»Τότε ο άγγελος πλησίασε το γέρο με στοργή και κάθισαν σ' ένα από τα καθίσματα που υπήρχαν σ' εκείνο τον απέραντο χώρο.

»"Οι στίχοι του γιου σας, του ποιητή, ήταν πολύ δημοφιλείς στη Ρώμη", είπε ο άγγελος. "Σε όλους άρεσαν και τους διασκέδαζαν. Όταν όμως τέλειωσε η περίοδος διακυβέρνησης του αυτοκράτορα Τιβέριου, ξεχάστηκαν οι στίχοι του. Αυτά τα λόγια ανήκουν στο γιο σας, εκείνον που κατατάχτηκε στο στρατό".

»Ο γέρος κοίταξε τον άγγελο έκπληκτος.

»"Ο γιος σας πήγε και υπηρέτησε σ' ένα μακρινό τόπο κι έγινε εκατόνταρχος. Ήταν κι εκείνος δίκαιος και καλός. Κάποιο απόγευμα ένας δούλος του αρρώστησε και ήταν ετοιμοθάνατος. Τότε ο γιος σας άκουσε για ένα ραβίνο που θεράπευε τους αρρώστους και περπάτησε μέρες ολόκληρες σε αναζήτηση αυτού του ανθρώπου. Στο δρόμο ανακάλυψε ότι ο άνθρωπος που αναζητούσε ήταν ο Γιος του Θεού. Συνάντησε άλλους ανθρώπους που είχαν θεραπευτεί από εκείνον, ασπάστηκε τα διδάγματά του και, παρόλο που ήταν εκατόνταρχος, αγκάλιασε την πίστη του. Ώσπου ένα πρωί έφτασε κοντά στο ραβίνο.

»"Του είπε ότι ο δούλος του ήταν άρρωστος. Και ο ραβίνος προθυμοποιήθηκε να πάει ως το σπίτι του. Αλλά ο εκατόνταρχος ήταν άνθρωπος με πίστη και κοιτάζοντας το ραβίνο βαθιά στα μάτια κατάλαβε ότι πραγματικά βρισκόταν μπροστά στο Γιο του Θεού.

»"Εκείνη τη στιγμή ο κόσμος γύρω τους σηκώθηκε.

»"Αυτά είναι τα λόγια του γιου σου", είπε ο άγγελος στο γέρο. "Είναι τα λόγια που είπε στο ραβίνο εκείνη τη στιγμή και ποτέ δεν ξεχάστηκαν. Λένε: Κύριε, δεν είμαι άξιος να μπεις κάτω από τη στέγη μου. Αλλά διάταξε με ένα μόνο λόγο και ο δούλος μου θα θεραπευτεί"».

Ο αλχημιστής σπιρούνισε το άλογο.

— Ό,τι κι αν κάνει ο άνθρωπος πάνω στη γη, παίζει πάντα τον κύριο ρόλο στην ιστορία του κόσμου, είπε. Και συνήθως δεν το ξέρει.

Το αγόρι χαμογέλασε. Ποτέ δεν είχε σκεφτεί ότι η ζωή θα μπορούσε να είναι τόσο σημαντική για ένα βοσκό.
– Γεια σου, είπε ο αλχημιστής.
– Γεια σας, απάντησε το αγόρι.

Το ΑΓΟΡΙ προχώρησε δυόμισι ώρες στην έρημο, προσπαθώντας να ακούσει προσεκτικά τι του έλεγε η καρδιά του. Εκείνη θα του αποκάλυπτε το ακριβές σημείο όπου ήταν κρυμμένος ο θησαυρός του.

«Όπου είναι ο θησαυρός σου, εκεί είναι και η καρδιά σου», είχε πει ο αλχημιστής.

Αλλά η καρδιά του μιλούσε για άλλα πράγματα. Διηγιόταν με υπερηφάνεια την ιστορία ενός βοσκού, που είχε αφήσει τα πρόβατά του για να ακολουθήσει ένα όνειρο που είχε δει δυο φορές. Έλεγε για τον Προσωπικό Μύθο και για όλους εκείνους τους ανθρώπους που είχαν κάνει το ίδιο, που είχαν ξεκινήσει αναζητώντας μακρινές χώρες ή όμορφες γυναίκες, αντιμετωπίζοντας τους ανθρώπους της εποχής τους με τις προκαταλήψεις και τις αντιλήψεις τους. Σε όλη αυτή την πορεία, του μίλησε για ταξίδια, για ανακαλύψεις, για βιβλία και για μεγάλες μεταβολές.

Καθώς ανηφόριζε έναν αμμόλοφο –και μόνο τότε– η καρδιά του του ψιθύρισε στο αφτί: «Το νου σου στο σημείο όπου θα κλάψεις. Γιατί σ' εκείνο το σημείο θα είμαι εγώ και σ' εκείνο το σημείο θα είναι και ο θησαυρός σου».

Άρχισε ν' ανεβαίνει την ανηφόρα. Είχε πανσέληνο. Η σελήνη φώτιζε και τον αμμόλοφο, μ' ένα παιχνίδι σκιών που έκανε την έρημο να φαίνεται σαν τρικυμισμένη θάλασσα και θύμιζε στο αγόρι τη μέρα που είχε αφήσει το άλογό του να βαδίσει ελεύθερο μέσα στην έρημο, δείχνοντας στον αλχημιστή το σημάδι που περίμενε. Τέλος, η σελήνη φώτιζε τη σιωπή της ερήμου και την πορεία των ανθρώπων που ψάχνουν θησαυρούς.

Όταν, ύστερα από λίγο, έφτασε στην κορυφή του αμμόλοφου, η καρδιά του χτύπησε δυνατά. Μέσα από την πλημμύρα του φεγγαρόφωτου και τις αντανακλάσεις της άσπρης άμμου υψώνονταν μεγαλόπρεπα και επιβλητικά οι πυραμίδες της Αιγύπτου.

Το αγόρι έπεσε στα γόνατα κι έκλαψε. Ευχαριστούσε το Θεό γιατί είχε πιστέψει στον Προσωπικό Μύθο του και γιατί κάποια μέρα είχε συναντήσει ένα βασιλιά, έναν έμπορο, έναν Άγγλο κι έναν αλχημιστή. Προπαντός, επειδή είχε συναντήσει μια γυναίκα στην έρημο, η οποία του είχε μάθει ότι η αγάπη δεν απομακρύνει τον άνθρωπο από τον Προσωπικό Μύθο του.

Οι αιώνες των πυραμίδων της Αιγύπτου αγνάντευαν

από ψηλά το αγόρι. Αν εκείνος ήθελε, θα μπορούσε τώρα να επιστρέψει στην όαση, να πάρει τη Φατιμά και να ζήσει σαν απλός βοσκός. Γιατί ο αλχημιστής ζούσε στην έρημο, παρόλο που καταλάβαινε τη Γλώσσα του Κόσμου, παρόλο που ήξερε να μετατρέπει μολύβι σε χρυσάφι. Το αγόρι δεν είχε να δείξει σε κανέναν την επιστήμη και την τέχνη του. Κατά τη διάρκεια της πορείας προς τον Προσωπικό Μύθο του, είχε μάθει ό,τι χρειαζόταν και είχε ζήσει όσα είχε ονειρευτεί να ζήσει.

Είχε όμως φτάσει μέχρι το θησαυρό του και ένα έργο μόνο τότε είναι ολοκληρωμένο, όταν φτάνουμε στο στόχο μας. Εκεί, σ' εκείνο τον αμμόλοφο, το αγόρι είχε κλάψει. Κοίταξε κάτω και είδε ένα σκαραβαίο να κινείται στο σημείο όπου είχαν πέσει τα δάκρυά του. Στο διάστημα που είχε περάσει στην έρημο, είχε μάθει ότι στην Αίγυπτο οι σκαραβαίοι ήταν το σύμβολο του Θεού.

Ήταν ακόμη ένα σημάδι. Και το αγόρι βάλθηκε να σκάβει, αφού θυμήθηκε τα λόγια του εμπόρου των κρυστάλλων· κανείς δε θα κατάφερνε να χτίσει μια πυραμίδα στον κήπο του, ακόμη κι αν συσσώρευε πέτρες σ' όλη του τη ζωή.

Όλη τη νύχτα το αγόρι έσκαβε στο σημείο που υπέδειξε το σημάδι, χωρίς όμως αποτέλεσμα. Από την κορυφή των πυραμίδων οι αιώνες τον ατένιζαν σιωπηλοί. Αλλά το αγόρι δεν τα παρατούσε: έσκαβε ασταμάτητα, παλεύοντας με τον άνεμο, ο οποίος συχνά ξαναπετούσε την άμμο μέσα στο λάκκο. Τα χέρια του κουράστηκαν, μετά πληγώθηκαν, αλλά το αγόρι πίστευε στην καρδιά του. Και η καρδιά του του είχε πει να σκάψει εκεί όπου είχαν πέσει τα δάκρυα.

Ξαφνικά, καθώς προσπαθούσε να βγάλει μερικές πέτρες, το αγόρι άκουσε βήματα. Κάποιοι πλησίαζαν προς το μέρος του. Είχαν την πλάτη γυρισμένη προς το φεγγάρι και το αγόρι δεν μπορούσε να διακρίνει ούτε τα μάτια ούτε τα πρόσωπά τους.

– Τι κάνεις εκεί; ρώτησε μια από τις σιλουέτες.

Το αγόρι δεν απάντησε. Τρόμαξε όμως. Τώρα είχε να σκάψει για ένα θησαυρό, γι' αυτό φοβόταν.

– Είμαστε πρόσφυγες του πολέμου των φυλών, είπε μια άλλη σιλουέτα. Πρέπει να μάθουμε τι κρύβεις εκεί. Χρειαζόμαστε λεφτά.

– Τίποτε δεν κρύβω, απάντησε το αγόρι.

Αλλά ένας από τους νεοφερμένους τον άρπαξε και τον τράβηξε έξω από το λάκκο. Ο άλλος βάλθηκε να του ψάχνει τις τσέπες. Και βρήκε το κομμάτι το χρυσάφι.

– Αυτός έχει χρυσάφι, είπε ένας από τους ληστές.

Το φεγγάρι φώτιζε το πρόσωπο εκείνου που τον έψαχνε και το αγόρι είδε το θάνατο στα μάτια του.

– Θα υπάρχει κι άλλο χρυσάφι κρυμμένο στο χώμα, είπε ένας άλλος.

Και ανάγκασαν το αγόρι να σκάψει. Το αγόρι συνέχισε το σκάψιμο, δεν υπήρχε όμως τίποτε. Τότε άρχισαν να τον χτυπάνε. Τον ξυλοκόπησαν μέχρι να εμφανιστούν στον ουρανό οι πρώτες ακτίνες του ήλιου. Τα ρούχα του είχαν γίνει κουρέλια και αισθάνθηκε το θάνατο κοντά.

«Τι να τα κάνω τα λεφτά, αν πρόκειται να πεθάνω; Σπάνια τα λεφτά γλιτώνουν άνθρωπο από το θάνατο», είχε πει ο αλχημιστής.

– Ψάχνω ένα θησαυρό! κραύγασε τελικά το αγόρι. Παρόλο που το στόμα του είχε πληγωθεί και πρηστεί από τα χτυπήματα, διηγήθηκε στους ληστές ότι δυο φορές είχε δει στο όνειρό του έναν κρυμμένο θησαυρό, κοντά στις πυραμίδες της Αιγύπτου.

Εκείνος που φαινόταν για αρχηγός, έμεινε πολλή ώρα σιωπηλός. Μετά είπε:

– Αφήστε τον. Δεν έχει τίποτε άλλο. Θα το έκλεψε αυτό το χρυσάφι.

Το αγόρι έπεσε μπρούμυτα κάτω. Δυο μάτια έψαξαν τα δικά του: ήταν ο αρχιληστής. Το αγόρι κοιτούσε τις πυραμίδες.

– Πάμε να φύγουμε, είπε ο αρχιληστής στους άλλους.

Πριν φύγει στράφηκε προς το αγόρι:

– Δε θα πεθάνεις, είπε. Θα ζήσεις και θα μάθεις ότι ο άνθρωπος δεν πρέπει να είναι τόσο ανόητος. Εκεί, στο σημείο όπου βρίσκεσαι, είδα κι εγώ ένα όνειρο κατ' επανάληψη, εδώ και σχεδόν δυο χρόνια. Ονειρεύτηκα ότι έπρεπε να πάω μέχρι τους κάμπους της Ισπανίας, να βρω μια ερειπωμένη εκκλησία όπου κοιμόνταν συνήθως οι βοσκοί με τα πρόβατά τους. Μέσα στο παρεκκλήσι της φύτρωνε μια συκομουριά, κι αν εγώ έσκαβα στη ρίζα αυτής της συκομουριάς, θα έβρισκα έναν κρυμμένο θησαυρό. Δεν είμαι όμως τόσο ανόητος να διασχίσω μια έρημο, μόνο και μόνο επειδή είδα απανωτά ένα όνειρο.

Κατόπιν έφυγε.

Το αγόρι σηκώθηκε με δυσκολία και κοίταξε τις πυραμίδες άλλη μια φορά. Οι πυραμίδες τού χαμογέλασαν και χαμογέλασε κι εκείνο ως απάντηση, με την καρδιά του να ξεχειλίζει από ευτυχία.

Είχε βρει το θησαυρό.

ΕΠΙΛΟΓΟΣ

Το ΑΓΟΡΙ το λέγανε Σαντιάγο. Είχε αρχίσει να σκοτεινιάζει όταν έφτασε στη μικρή εγκαταλειμμένη εκκλησία. Η συκομουριά ήταν ακόμη εκεί, στο παρεκκλήσι, και ακόμη διακρίνονταν τα αστέρια μέσα από τη μισογκρεμισμένη σκεπή. Θυμήθηκε ότι κάποτε είχε μείνει εκεί με τα πρόβατά του και είχε περάσει τη νύχτα ήσυχα, με εξαίρεση το όνειρο.

Τώρα στεκόταν χωρίς το κοπάδι του. Στο χέρι κρατούσε ένα φτυάρι.

Αφέθηκε πολλή ώρα να κοιτάζει τον ουρανό. Κατόπιν έβγαλε από το δισάκι του ένα μπουκάλι κρασί και ήπιε. Θυμήθηκε εκείνη τη νύχτα στην έρημο που είχε επίσης κοιτάξει τ' αστέρια και πιει κρασί με τον αλχημιστή. Σκέφτηκε τους πολλούς δρόμους που είχε περπατήσει και τον παράξενο τρόπο με τον οποίο ο Θεός τού είχε δείξει το θησαυρό. Αν δεν είχε πιστέψει τα επαναλαμβανόμενα όνειρα, δε θα είχε συναντήσει ούτε την τσιγγάνα ούτε το βασιλιά ούτε το ληστή ούτε... «ο κατάλογος είναι πολύ μεγάλος. Αλλά ο δρόμος ήταν γεμάτος σημάδια και δεν επρόκειτο να κάνω λάθος», είπε στον εαυτό του.

Χωρίς να το καταλάβει, τον πήρε ο ύπνος. Όταν ξύπνησε, ο ήλιος ήταν ψηλά. Τότε βάλθηκε να σκάβει τη ρίζα της συκομουριάς.

«Γερο-μάγε», σκεφτόταν το αγόρι. «Τα ήξερες όλα. Άφησες μάλιστα και λίγο χρυσάφι για να μπορέσω να επιστρέψω σ' αυτή την εκκλησία. Ο μοναχός γέλασε όταν με είδε να επιστρέφω καταξεσκισμένος. Ήταν ανάγκη να το υποφέρω κι αυτό;»

– Όχι, άκουσε τον άνεμο να λέει. Αν σου τα είχα πει, δε θα είχες δει τις πυραμίδες. Δεν είναι πολύ ωραίες;

Ήταν η φωνή του αλχημιστή. Το αγόρι χαμογέλασε και συνέχισε το σκάψιμο. Μισή ώρα αργότερα, το φτυάρι χτύπησε σε κάτι στέρεο. Μια ώρα αργότερα είχε μπροστά του μια κασέλα γεμάτη παλιά χρυσά ισπανικά νομίσματα. Υπήρχαν και πολύτιμοι λίθοι, χρυσές προσωπίδες με άσπρα και κόκκινα φτερά, πέτρινα ειδώλια διακοσμημένα με διαμάντια. Λάφυρα από μια κατάκτηση που η χώρα του είχε ξεχάσει εδώ και πολλά χρόνια και που ο κατακτητής είχε ξεχάσει ν' αναφέρει στα παιδιά του.

Το αγόρι έβγαλε τον Ουρίμ και τον Τουμίμ από το δισάκι. Μόνο μια φορά είχε χρησιμοποιήσει αυτούς τους λίθους, κάποιο πρωινό στην αγορά. Η ζωή και ο δρόμος του ήταν πάντα γεμάτοι σημάδια.

Έβαλε τον Ουρίμ και τον Τουμίμ μέσα στην κασέλα με το χρυσάφι. Ήταν μέρος του θησαυρού του, γιατί του θύμιζαν ένα γέρο βασιλιά, που δε θα συναντούσε ποτέ πια.

«Πραγματικά, η ζωή είναι γενναιόδωρη με όποιον ζει τον Προσωπικό Μύθο του», σκέφτηκε το αγόρι. Τότε θυμήθηκε ότι έπρεπε να πάει ως την Ταρίφα για να δώσει στην τσιγγάνα το ένα δέκατο απ' όλα αυτά. «Τι έξυπνοι που είναι οι τσιγγάνοι», σκέφτηκε. Ίσως επειδή ταξίδευαν τόσο πολύ.

Αλλά ο άνεμος ξαναφύσηξε. Ήταν ο λεβάντες, ο άνεμος από την Αφρική. Δεν έφερνε την οσμή της ερήμου ούτε την απειλή της εισβολής των Μαυριτανών. Ίσα ίσα, έφερνε ένα πολύ γνωστό του άρωμα και τον ήχο ενός φιλιού, που έφτασε σιγά σιγά, για ν' ακουμπήσει πάνω στα χείλη του.

Το αγόρι χαμογέλασε. Ήταν η πρώτη φορά που εκείνη έκανε κάτι τέτοιο.

– Έρχομαι, Φατιμά, της απάντησε.